U0938555

遇上香港飲食 × 文化

在地餐桌小旅行

增訂本

黃可衡——著　mujiworld——繪

非凡出版

增訂本序一

二〇一五年在社交平台建立「在地餐桌小旅行」專頁，希望以餐桌作平台、食物作引子，走進在地飲食及生產者故事，了解它們從哪裏來、往哪裏去，由此學懂珍惜。除了在網上以文字及圖片記載，也曾在港台兩地透過展覽、聚餐活動及刊物分享故事。

二〇二一年有幸能將過去數年走訪食物相關的老店經歷結集成書，在此感謝老店們無私分享，除食物製作及認識品牌故事外，更重要是當中的人文精神，採訪所得往往比預期更豐富，老品牌不只代表「承傳」、「保守家業」，反而時刻保持活力，連繫顧客了解需要並作出適切回應。

四年來香港以至全球各地經歷了很多聚與散，原版書中的故事亦在變遷，有的已不復再，也有因各種原因結業、面臨收地未知能否繼續留港生產、茶果嶺清拆在即……看似來到盡頭，但勿忘仍然有一班香港人不倦地努力與堅持，迎難而上。不是因為有希望才堅持，而是因為堅持而看到希望，這是推出增訂本的最大動力。這次加入了三個新故事，承載着擁抱過去、創造未來的精神，在具歷史的地方注入新能量；新知舊雨一起擁抱信念，重新定義；生有限活無限，不同的生活方式，共在地活着。

常認為人生就像一趟小旅行，我們以旅客身份來世界遊歷見識，就是為了學懂欣賞珍惜，亦負起保留美麗風光的責任，讓後來的旅客也可一睹景色。信奉「可持續生活」方式，一日三餐如是，做人、待人接物也如是。

黃可衡 Sandy

增訂本序二

香港給予人講求效率、步伐急促的印象，由二〇二一年出版至今，香港以至全球社會景貌正在迅速改變，無論是新店或舊舖都正在消失，唯一不變的，是放下急速的腳步細心觀察、尋找，無論外面怎樣變遷，也能找到真正的香港味道，很幸運能繼續從這個角度，以插畫記錄香港的面貌。每一個故事也是堅持與實踐，沒有對名利盲目追求，在自己小小世界裏努力活好每天，在功利世界中滲透點點人情溫度，這正是一直在腦海中的香港。

mujiworld

目錄

元朗絲苗
每斤9.5.
大埔香

廖孖記·腐乳·創新精神

「廖孖記」（現已結業）是一家扎根香港超過一百年的品牌，由一對孖生兄弟廖仕忠及廖仕榮於一九〇五年創立，最初是一家位處官涌街市的荳品店，售賣豆腐、豆花等食品。

廖孖記
佐敦閩街 1 號地下舖

廖孖
廖孖
98421523
雪櫃

香港氣候潮濕溫暖，新鮮荳品容易變壞。一九〇〇年代雪櫃以至電力供應並不普及（至一九三〇年代雪櫃才成為美國家庭必備家品，及後傳至世界各地），一天內賣不完的食品便要棄掉，造成浪費。現在常說「減廢」的概念，在物資相對短缺的年代卻是自然而生的事。為了物盡其用，增加收入，廖孖記的創辦人廖氏兄弟便把賣剩的豆腐製成能長時間儲存的腐乳，後來更集中生產此產品，奠定了廖孖記的發展方向。

廖仕忠長子廖雄於一九四〇年代接管廖孖記生意，甚具生意頭腦與膽色的他，致力把廖孖記腐乳打入海外市場，七十年代更成為香港首個出口東南亞的品牌，帶領廖孖記創下不少佳績。「爸爸好叻，於廣東省、香港、澳門出售豆腐花、豆腐、芽菜，一九七〇年代出口腐乳到新加坡，當時《南華早報》也有報道。」第三代傳人廖振建回憶說。廖雄那時賺取了豐厚利潤，也懂得投資，就興建了廖孖記大廈，地面舖頭便是現在廖孖記所在地。在租金高企的香港能擁有物業，成為廖孖記至今仍屹立的關鍵之一。

廖孖記第二代傳人廖雄

廖孖記第三代傳人廖振建夫婦

廖孖記出售不同口味的腐乳，有辣的也有不辣的

廖雄育有九個孩子，排行最小的廖振建是現在廖孖記的掌櫃，他有着與別不同的童年，大部分的回憶都與舖頭有關。小時候，同學放學後忙着參與課餘活動，而廖先生的課餘活動便是到舖頭幫忙，每一個生產部門他也有涉獵。工作太晚了，晚上就在舖頭睡覺。廖先生廖太太很年輕便結婚，廖先生認為婚後需要養妻活兒、穩定生活，於是在那時開始全職在廖孖記工作。

腐乳送飯

腐乳看似是沒有季節性之分的食品，一年四季每天都可製造。廖先生這位從小與腐乳「共生」的專家，告訴我們他偏愛冬天開始發酵的腐乳。「我最喜歡冬天入樽的腐乳，在低溫環境下發酵速度較慢，就像慢煮一樣，需要更長時間，約五至六個月才完成整個發酵過程，這種腐乳最好吃。完成發酵時剛好是夏天，悶悶熱熱，沒胃口的時候，最喜歡以腐乳送飯。」

人類的祖先像很多動物一樣，在野外覓食，常在飢餓中渡過，因此當看到或咀嚼食物時，大腦便會發出安全的訊息，像現代人吃到 comfort food 一樣，感到不安或有點不舒服時，吃了就能感到舒泰；而腐乳便是廖先生的 comfort food，一種與他一起成長的食物。除了大眾化的食用方法，例如椒絲腐乳通菜，我不忘問問這位專家，建議該如何品嚐。廖先生説若要品嚐腐乳香味，最佳方法是把它塗在白麵包上：「在白麵包上塗上薄薄一層原味腐乳，撒上砂糖是最佳的品嚐方法。切記不能塗在多士上，烤焗後的麵包會搶去腐乳香味。」以最簡單的方法品嚐食物的原味，是流着腐乳血的人必然的吃法。

廖孖記的腐乳深受大眾喜歡

老店也許給人一種守舊的感覺，回看廖孖記品牌發展，不同年代的掌櫃也帶領着廖孖記品牌回應那年代的市場需要，一個品牌的成功並不是偶然。來到第三代，在香港生活指數越見高企的年代，一般

的家庭夫妻均要外出工作以維持生活水平，母親在忙碌工作的同時又要維繫家庭生活絕不容易。作為兩子之母的廖太太十分了解在職母親的需要， 經常自製不同醬料，方便她們能以最短時間為子女準備一頓美味的飯。廖太不斷創新的精神，不單止表現在研發新醬汁上，她更用心地把煮食心得整理成食譜向客人派發，分享怎樣運用廖孖記醬汁，在半小時煮好一頓飯餸。

廖先生廖太太在子女出來社會工作後，不似以前只顧店舖工作及家庭，而是有更多時間享受人生。近年，他倆每年都會去數趟旅行，即使身處外地也不忘廖孖記。這天廖太太便跟我分享她用到韓國旅行時買到的魚仔烹調的魚香茄子咸魚豆腐醬，用來炒蔬菜，不用為調味操心。

廖太太創作過不少醬料，其中她感到最驕傲的是蒜蓉腐乳醬：「我喜歡在腐乳加入蒜蓉一起炒，很香，最適合用來煮意大利粉，以往曾購買此產品的顧客都很喜愛，而且我每次不會製作太多，所以一推出便會賣光。 」

口味獨特的原創限量版廖孖記醬料

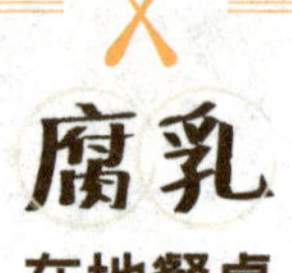

腐乳
在地餐桌

「腐乳」是中國流行數百年的民間食品，關於它的誕生眾說紛紜，多說是意外把豆腐存放在鹽水中一段時間，發現它在發酵後會成為美味無比的食品。其實在冷藏技術尚未發明的年代，發酵是一種有效保存食物的方法，尤其在戰亂中，能長時間保質的食物，是顛沛流離生活的必需品。

在香港能品嚐到的腐乳分為白、紅（白腐乳加入紅曲米，香港稱之為「南乳」）、青（即臭豆腐） 三種。據記載，白腐乳的歷史最悠久，也是香港最常見的一種。腐乳曾代表上世紀香港市民困苦的生活、節衣縮食的年代，每人一碗稀飯，圍着一磚腐乳便是一餐。

隨着經濟起飛，不單桌上的餸菜比以前豐富得多，運用腐乳作調味料的菜式更是層出不窮，由簡單的椒絲腐乳通菜，到創新的腐乳多士……腐乳看似是配角，卻是歷久不衰的甘草演員。

白腐乳

紅腐乳

青腐乳

製作五部曲

訪問期間，廖太分享了家傳製作腐乳的步驟，縱使因外在環境因素而有所調整，仍借此機會作紀錄及繼續流傳。

STEP
01
浸黃豆

廖孖記多年來使用過不同產地及品種的黃豆，品質最佳是加拿大有機黃豆，最能穩定地製作優質腐乳。

STEP
02
把黃豆磨成豆漿

從前用石磨磨出豆漿，現在則以機器代勞。

STEP
03
製成豆腐花

煮滾豆漿後撞入酸水，令液體慢慢凝聚在一起，變成豆腐花。廖太太說：「酸水要養的，養得越耐越香，要反覆使用、餵飼才能保持質素。」每一家製作的腐乳風味有所不同，其中一個重要元素便是酸水。

STEP

04

逼出水份

用重物壓着豆腐花，逼出水份，變成豆腐。

把豆腐切粒至麻雀大小，一粒一粒排在板上發酵一至兩天。下一步便可入樽，把豆腐整齊排列在玻璃瓶內，加入低酒精成份的酒，發酵五至六個月。不同季節入樽也會影響發酵所需時間，沒有一定的方程式，甚至同時間入樽的腐乳，可食用的時間都不一樣，需憑經驗衡量，廖先生說呈淡黃色最「靚」。

STEP

05

包裝

能出售的腐乳會在樽口貼上膠紙，阻隔空氣進入，停止發酵，最後貼上招紙便可出售。說到包裝，自開始生產腐乳到第二代傳人均是使用瓦樽包裝，現在用的是玻璃樽，多年來不變的是包裝上的招紙，一直都是以創辦人廖氏孖生兄弟做嘜頭。

腐乳卡邦尼意大利粉

（1）先煮熟適量意粉。

（2）煙肉切丁炒香，拿起備用。

（3）在同一鑊中倒入淡忌廉，煮滾後加入蒜蓉腐乳醬。

（4）加入芫茜、煙肉及已煮好的意大利粉，炒勻便可。

餐桌小備註：煮意大利粉時，請加入橄欖油及鹽，避免麵條互相黏貼在一起，鹽可為麵條稍稍調味，煮食時間可根據包裝標示減一分鐘。

豉油及麵豉醬

麵豉醬在入樽前存放在木桶一至兩星期，以吸收木香

在廖孖記位於佐敦的舖頭內看到一個個木桶，廖太太把木桶蓋打開，傳來陣陣豆香，才知道廖孖記除了腐乳外，亦有製作用黃豆發酵的調味料——豉油及麵豉醬。

黃豆在廠房曬好後，再運到佐敦舖面加工，由廖先生負責用大大的鑊炒香，每次炒上一百斤，少一點體力也不行，廖先生笑說他閒時也會耍劍練功架。麵豉會放於木桶內吸收木香，同時膠質亦更重，就像釀酒一樣，一至兩星期後便可入樽出售。跟一般醬油廠不同，豉油只是麵豉醬的副產品，在麵豉發酵過程中產生，每次只生產幾支，質感及味道分外醇厚及濃郁。

與貓結緣

嘉嘉，廖孖記的鎮店貓。最初養嘉嘉是為了看舖頭，但性格嬌嗲溫順的嘉嘉很快便由工作貓變成了一隻寵物，現在廖先生廖太太已捨不得要牠在舖頭，大部分時間都留在家中，這天採訪才亮相舖頭，立即引來街坊入來打招呼，還頻頻對嘉嘉説很想念牠。除了嘉嘉，廖先生廖太太也會照顧後巷的流浪貓，很有愛心。

廖孖記的鎮店貓嘉嘉

小旅行散步

地圖

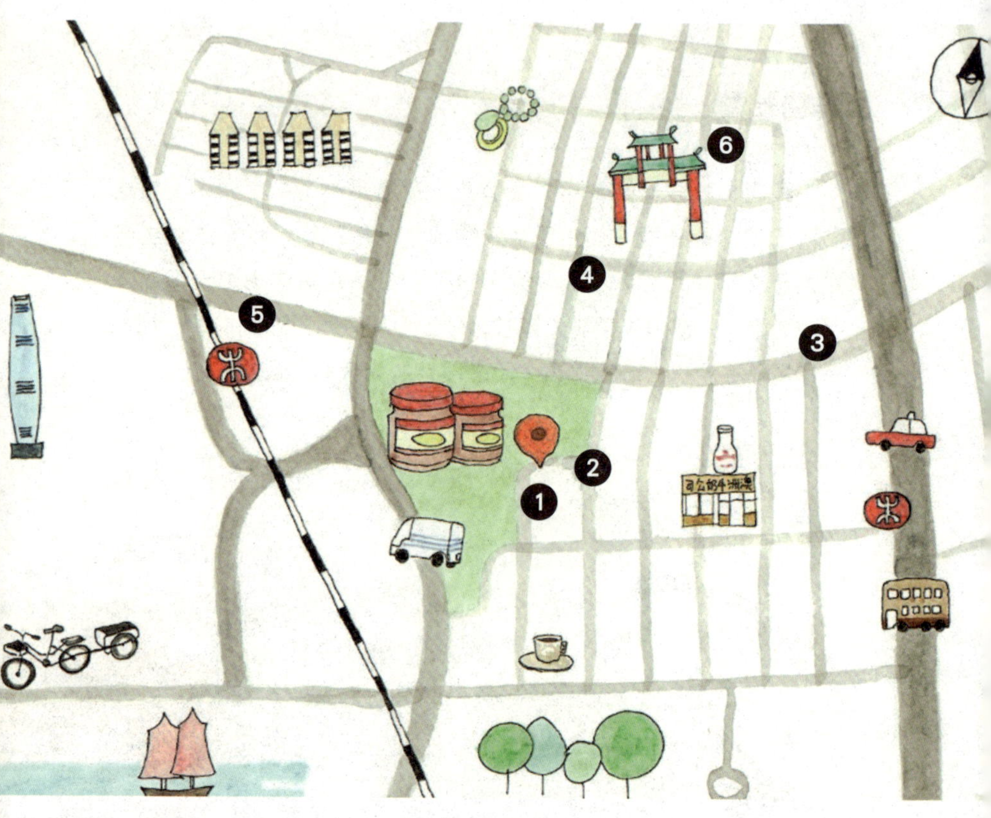

1. **官涌街市**：為官涌山舊址，清朝時在此建官涌炮台。
2. **閩街**：原名「第七街」，於一九〇九年改名為「雲南里」，後稱為「閩街」。
3. **佐敦道**：原名「第六街」，於一九〇九年以在香港驗證鼠疫及引入疫苗的「佐敦」醫生命名。
4. **佐敦道官立小學**：位於南京街，曾是煤氣廠所在地（建於一八九二年），於一九五六年改建成小學。
5. **佐敦道碼頭**：一九三三年投入服務，渡輪可載人及汽車，至一九九四年停止服務。
6. **廟街**：是填海前油麻地天后廟所在地，因而得名。

餐後隨想

廖孖記雖然早已是香港成功的品牌，卻沒有故步自封，反而貼近市場，聆聽客人需要，推出方便醬汁外，亦撰寫食譜免費分享。

在廖孖記店主夫妻孜孜不倦地工作的故事中，看到祖母的影子。祖母工作至七十四歲才正式退休，我小時候在她家附近上學，每天午飯時間都會步行十五分鐘，到她家吃午餐。那時候她是在家工作的，但總在我到達前已準備好豐盛的午餐。而每逢週末，我們一家都會到她家吃飯，是恆常的家庭聚會。她廚藝了得，而令人最期待的是咕嚕肉，我經常藉故在廚房幫忙打點，只是為了近水樓台，能吃到剛炸好的咕嚕肉。在職主婦忙碌生活中同時兼顧家庭，真的很不簡單。

成興泰糧食·米舖·現代溝米師傅

「成興泰糧食」米舖位於九龍石硤尾舊屋邨白田邨內，以售賣米、油、罐頭、雜貨為主。自一九七二年開業至今已有四十多年歷史。

成興泰糧食
石硤尾街 107 號

成興泰糧

「食咗飯未呀？」這句香港人常用的「問候語」，跟英文的"How are you?"意思相近，都是關心對方的近況。在街上遇到到朋友，我們不期然就會説這句話，可見「食飯」在香港人生活中佔有非常重要的地位。

在六七十年代，香港市民普遍在米舖買米。在物質相對沒那麼豐裕的年代，零食並不盛行，能有一日三餐温飽已是大眾辛勞工作所追求的事。相比起今天，當時米飯是十分重要的主食，也是民生必備，當年米舖數量猶如今天的便利店，總有一間在附近。直至七十年代開始引入超級市場，八十年代超級市場數目高速增長，米舖進入了衰退期，現在全港的米舖剩下不到五間。

這天來到香港碩果僅存的米舖——「成興泰糧食」，米舖位於九龍石硤尾舊屋邨白田邨內，以售賣米、油、罐頭、雜貨為主。自一九七二年開業至今已有五十多年歷史，第二代店主王德鑑先生在一九八〇年代開始從父親手中接管成興泰。「成興泰最高峰期，舖頭至少有五名員工，『先生』負責管數、接單、開單，現在則由我老婆負責；『溝米師傅』負責保證品質、收貨驗米，根據客人喜好溝米；至少兩位同事負責送貨，『伙頭』負責一日三餐，由早餐到晚餐，一定煮上好的米。現在當然截然不同，整間舖頭由我一人負責。」王先生憶述。

訪問期間，王先生剛好要送貨到附近食肆，還着我為他看店。七十多歲的他聲線響亮如鐘，身手矯健地跳上鳳凰牌單車揚長而去。鳳凰牌單車在上海生產，在七十年代或之前可說是名牌子。

鳳凰牌單車標誌

王先生踏着鳳凰牌單車送貨

糴米時代

糴（音「笛」）米是動詞，在六七十年代較常用，當時香港市民在出糧後便會立即買米，每次一百幾十斤，足夠一家人食用一個月，而「糴」的意思便是把很重的白米搬回家。「糴」字左邊由「入」及「米」字組成，把「入米」（即買米）形象化地表達出來。現在較常用的詞語「走走糴糴」，也是從「糴米」演變而來。

「以前市民生活水平遠不及現在，出糧第一件事便是到米舖買米，尤其在一九七三至七四年出現了石油危機，經濟停滯至一九七五年，香港市民怕銀紙貶值，還是兌換糧食更實在，每次買上一百斤，足夠一個月的份量。現在食物選擇多了，營養過盛，市民普遍怕發胖，少了吃白飯，很多客人每次只少量買一至兩斤。」雖然是一家老店，但王先生卻非常貼近客人的需要，近年大眾健康意識提高，食糙米比白米更健康，成興泰數年前加入非白米的選擇，滿足客人的需要。

成興泰的忠實支持者，需要的不只是產品，還有與店家多年來建立的互信關係與貼心的服務

香港米

我們這一代都是吃進口米長大的，但原來在十七世紀末，香港是個盛產稻米的地方。二次大戰後，香港八成食用米是在地生產的。當時香港種植的稻米品種繁多，有齊眉、花腰仔、龍牙粘、旱粘、鹹滿、老鼠牙等等，當中在元朗種植的「絲苗米」更被視為品質保證。隨着工業發展及大量人口遷入，到一九六二年，雖然香港尚有七千二百公頃稻田，但市場佔有率只剩下約百分之四，一九八五年，香港稻田完全消失，正式進入了百分百入口稻米的年代。

在地種植的香港米

在地種植的香港米

在一九五〇年代前，越南食用米曾稱霸世界，在香港市場同樣佔有重要位置。一九五五年至一九七二年期間，越南爆發戰爭，各行各業都受到重創，稻米種植固然大受影響，更不用説是出口食物，國內人民飢餓問題也難以解決，香港的食用米市場就在這時期被泰國米佔領。

近年香港的食用米以泰國（佔約百分之五十）及越南（佔約百分之二十五）入口為主，比例漸趨平衡。自二〇〇三年政府放寬了食用米進口發牌制度後，市場可自由買賣食米，更多米商直接由產地進口，消費者便多了選擇。現在是物質豐富的年代，消費者的需求跟以往亦有所不同，吃飯不單為了果腹，也同時關心產地來源、生產者背景以至環境的福祉，以消費者的力量支持所相信的理念，可説是進入了「後食飯年代」。

近年不同本地團體發起農地復耕計劃，能吃到香港人親自種植的稻米，內心有一陣感動，先是一陣酸湧上鼻子，口裏卻品嚐着米的香甜。

溝米
在地餐桌

新米鋒芒外露，香味濃郁，具爆炸性，但入世未深，內心不夠堅強，總是軟軟的；舊米很含蓄，香味深藏不露，但卻很有口感，越吃越愛。耐心的等待，讓新米變成舊米，香味沉澱過後，成為每一下咀嚼的享受。

現時米舖客人主要來自同區街坊及食肆，也有遷出的舊街坊回來糴米，近年更多了中產客人聞到米香而來。既然在超市能方便買到白米，客人也專程回來，這裏的米必然有過人之處。溝米師傅可說是靈魂人物，由米的品質控制、了解每個產地米的特性，以至為客人提供個人化服務，都由他一手包辦。

所謂個人化的服務是指溝米師根據客人對米飯的要求，把來自不同地方的新米舊米調配比例。不同產地種植的米香味、口感不一。 而新米較軟身，飯味香濃，顏色較白；舊米是指去年收成的米，較硬身，好咬口，色澤較黃；而半新舊米則介乎兩者之間。

每當客人進來買米，王先生必先了解要求，再作出調校，視乎客人對香氣、軟硬度的要求，調整不同米的份量，成為該客人專屬的米，這也是「溝米師傅」的工作。

溝米四部曲

STEP

01

驗米

收到白米的第一步是先進行品質鑑定。米多數是從海路運送到香港，從前米是用麻袋載着，由泰國越南船運至香港的。三個月運送過程中受盡風吹雨打、海水浸漬，容易受潮，營造了一個適合穀牛和蟲生長的環境，所以食米送到米行時質素很參差。

雖然現在包裝已改為防水袋，但王先生仍沒有改變驗米的習慣，收到貨第一時間以米探在米袋上打一個小洞，小量白米徐徐從米探中滑出來，再用肉眼檢視白米的質素。

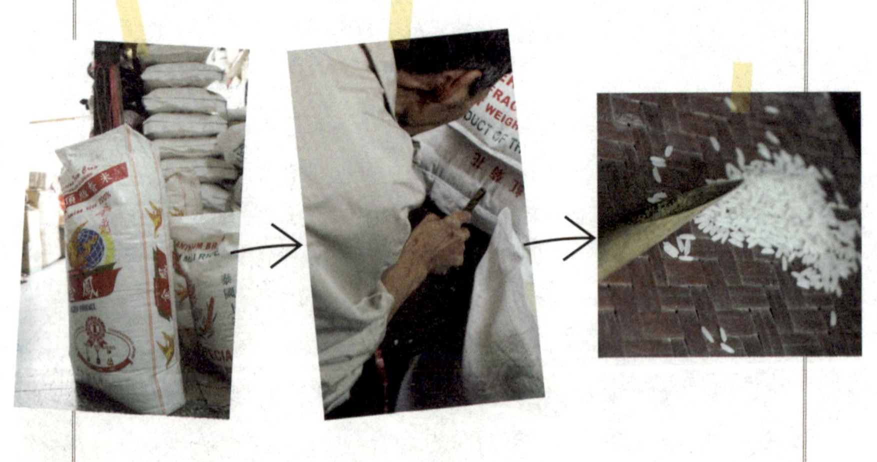

STEP

02

去除雜質

白米內含有不同雜質，第二步便是要把它們與白米分開。成興泰的第一站「吹米機」是開業時王先生的父親用一百元由澳門購入，吹米機利用風力把白米跟沙粒、塵埃、穀牛等雜質分流，並非高科技產物，卻是十分聰明的方法。舊時代資源也許缺乏，但創意卻是無限。多年來風扇已換了幾部，但每次只要調校好風力便能有效地清除雜質。

過程是先開啟風扇，然後把米倒入頂部的漏斗；吹米機底部放了兩個桶，直線排在風扇前，白米跌在漏斗對下的桶，而較輕的則被風吹到較遠的桶。雖然現在的白米在到達米舖前已進行清洗，基本上不含雜質，但王先生還堅持溝米師的責任，確保交到客人手上的米是最優質潔淨的，這是一個承諾。經過吹米機的白米，看來更雪白！

STEP

03

溝米

來成興泰買米的客人很特別，他們不是先説出心儀的食米牌子或米的種類，而是先表達吃飯的品味及要求，他們信賴的品牌是「成興泰」；溝米師王先生便會根據來自不同地方的稻米品種、新舊米的特質，精心為這位客人調配專屬的比例。

成興泰也曾出售香港種植的稻米。自從香港米業式微後，所有米均是進口貨品，越南、中國內地及泰國米最大眾化。可能泰國米在香港流行多年，是不少客人記憶中的米飯味道，為迎合客戶口味及對品質的要求，現在只出售來自泰國的米種。他相信，香港出品是優質的保證，很希望有一天能在更多地方推廣香港米。

STEP
04
貼心服務

有不少光顧多年的客戶都已經上了年紀，要拿一兩斤米回家也不是輕鬆的事。王先生說只要自己還有力氣，都會在沒有電梯的舊樓間穿梭，把糧油食品送到客人的府上。

曾有一研究指出香港的店舖，尤其是出售食品的，只有百分之五能在同一舖位經營超過五年。一家店能經營四十年就是憑藉他們對工作認真的堅持。

唐樓沒有升降機，送米只好走樓梯

小旅行散步

地圖

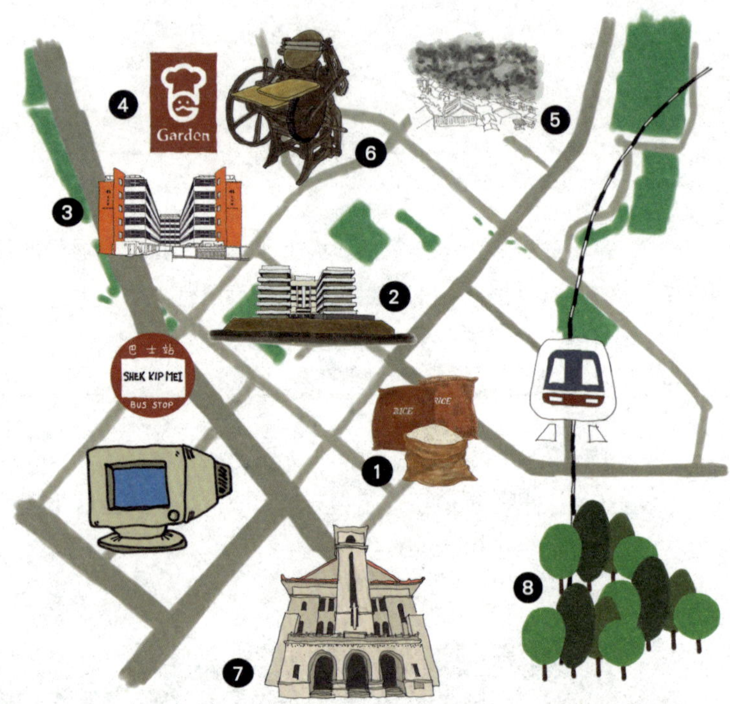

1. **成興泰糧食**：香港碩果僅存的米舖。
2. **石硤尾邨**：香港最先入伙的徙置房屋，於一九五四年入伙，並在一九七六年清拆重建。
3. **美荷樓**：石硤尾邨在重建時，保留了四十一座，即今天的美荷樓，已改建為青年旅舍。
4. **嘉頓山**：原名喃嘸山，因座落在山腳的地標「嘉頓麵包」而被稱為更易記的名字，是拍攝日落及觀賞深水埗街景的好地方。
5. **白田邨**：政府為了重建石硤尾、大坑東及李鄭屋三個舊徙置區而興建的屋邨。
6. **賽馬會創意藝術中心（JCCAC）**：前身是一九七七年落成的石硤尾工廠大廈，於二〇〇八年改建成藝術中心。
7. **聖方濟各堂**：一九五三年石硤尾寮屋區大火，為了讓災民有棲身之所，於是在災區附近興建新聖堂。
8. **主教山**：座落在聖方濟各堂後的小山，七十年代前是深水埗的儲水庫，十多年前被一班街坊發掘出山路，迅速成為晨運熱門地點。二〇二〇年十二月底，儲水庫被發現是戰前建成的巨型古羅馬拱門式設計，引起熱烈討論。

白田邨

一九五三年聖誕節當日發生的大火，造成四十人死亡、五萬多人無家可歸，燒毀了白田村及附近的石硤尾邨，直接導致政府制定興建公共屋邨的長遠政策。白田邨最初分白田上邨及下邨，白田下邨先在一九六九年入伙，白田上邨則在一九七一年入伙，後合稱白田邨。

賽馬會創意藝術中心（JCCAC）

前身是一九七七年落成的石硤尾工廠大廈。因寮屋區內很多家庭作業式的山寨廠，而一九五三年大火正正是其中一名鞋匠燃點火水燈時，不慎燒着棉胎及製鞋膠水引起，為避免火警再度發生，政府在建公共房屋的同時亦審視工廠大廈安全問題。大廈於二〇〇八年改建成藝術中心。

聖方濟各堂

一八六九年於九龍城海旁建成，一九三〇年政府收地興建啟德機場，以鄰近一塊地交換，重建聖堂、學校及宿舍，於一九四三年日佔期間被拆掉。一九五三年石硤尾寮屋區大火，為讓災民有棲身之所，於是在災區附近興建新聖堂。

餐後隨想

成興泰對我來說是一種「等待的味道」。新米經過一至兩年的時間變成舊米，令風味更香，是一種對耐心等候的回報。

我的祖母在生時，一直十分緊張米缸有沒有米，過年必定要在米缸貼上「常滿」的揮春，大概與過去香港的歷史有關。

五十至六十年代，在父親成長的年代，在打紗廠工作的祖母每半個月結算一次工資，收到後第一時間便是買米。在港英時代，香港曾經歷數次搶米潮。一九五〇年來港的祖母，在「六七暴動」那年第一次經歷搶米潮，當時物資非常短缺，很多人也要捱餓，幸好有儲糧習慣的她能安然渡過，還分享了部分米糧給住在同單位的「七十二家房客」。

新力麵廠・手作麵條・大將軍

新力麵廠於一九六〇年代開業，一九九六年轉手至現任老闆張錦照師傅，前舖後廠，每日新鮮製造麵條，在廣東道為街坊服務六十多年。

新力麵廠
旺角廣東道 1042 號

新力麵廠
SUN LEC NOODLE FACTORY

世界各地因地理、土壤、氣候、歷史文化等關係，餐桌上的主食迥然不同。籠統而言，雨水充足、土地肥沃而氣候溫暖的地方適合種植稻米，耐熱的粟米成為南美主食；小麥及馬鈴薯等則是乾旱內陸或較寒冷地方的主食，但粉麵卻在世界各地留下腳印，把穀物磨成粉狀，加水及烘焗以不同形狀及狀態呈現，靈活多變地打破了地域文化界限，以不同形態成為多地的主食。

水稻 小麥 粟米

馬鈴薯 蕃薯

世界各地的主要糧食

麵食歷史

現時考古學家發現最古老的麵條，於二〇〇二年在中國西北部青海喇家遺址出土，距今約四千年，唯相關的資料記載有限。自東漢（距今一千九百年左右），開始出現較有系統的記載，當時水稻及小麥並未大規模種植，小米（粟米）是民間主食。當時的麵條由小米粉製成，粉糰搓成筷子粗度，儲存在水中，食用前壓成葉子形狀，放湯或水煮熟，稱為「煮餅」或「湯餅」。至宋朝（距今一千年左右），麵食形態穩定地以長條形出現，跟現代所定義的麵條相近。

考古學家在新疆地區的墓穴中發掘出小麥化石，推測是裏海以南（即今日的伊朗南部）的遊牧民族，把小麥這農作物帶到新疆。很多麵食從古至今都是遊牧民族後裔的傳統菜，例如中亞遊牧民族的羊湯麵條，可見由小麥製成的麵條是由現在中東地區傳入。麵條隨絲綢之路傳入中原，及經海路傳入亞洲其他地區，融入各地成為當地獨特食品。

現今市面上的麵條大部分都已製乾出售，反而新鮮麵條相對珍貴，能長時間儲存也是麵條商品化及大流行的重要因素。

意大利人進食麵條最少有超過一千年歷史，此食品最早出現在一一五四年阿拉伯學者的地理學著作中，相信在古羅馬時期由阿拉伯人傳入意大利西西里亞地區，初時只是一個地區性食物。直至十四世紀，傳教士把麵條由東方帶到歐洲，並在當時歐亞貿易重鎮威尼斯大行其道。繪於十四世紀的畫作中可見到，婦女在

家中製作風乾麵條，讓麵條能較長時間儲存是麵食成為意大利代表食品的契機。

日本人安藤百福於一九五八年在大阪成功研發即食麵，於一九六一年成立日清食品，並於一九六二年獲得專利，立下麵食里程碑。配合城市人的生活模式，不同口味及包裝的即食麵迅速推出市場，更以「只需數分鐘準備」作招徠。這裏暫且不談它的營養價值，但即食麵確實融入了城市人忙碌的生活模式。

全球第一款即食麵「雞湯拉麵」於一九五八年面世

香港的麵食代表——車仔麵

廣東地區早已流行以鴨蛋麵粉製作的蛋麵，一般配以雲吞，在香港的大街小巷都不難找到它的蹤影。最能代表香港的麵食要數車仔麵。車仔麵於五十年代出現，當時人口高速增長但缺乏工作機會，為了謀生，不少人以木板搭起車仔檔，流動到人群聚集的地方，出售食品、生活用品等賺取生活費。當時人民普遍並不富裕，車仔檔出售的食品以能果腹為主，車仔麵在那年代應運而生。

不同原料及形狀的麵食，在世界各地主食中佔一席位，根據當地傳統及飲食文化而調節，車仔麵也是在這樣的前設下被喻為「代表香港的麵食」。車仔檔代表着靈活與多變，沒有特定的餸菜，檔主可根據當季食材或當日食品價格作出調節，以平價食材為主，例如白蘿蔔、豬皮、豬紅、豆卜、魚蛋等；選擇多亦是重要的特色，單是麵食，最基本會提供幼麵、粗麵、油麵、伊麵、河粉、米粉等；湯汁也可以自由選擇，每個人也能在車仔檔琳瑯滿目的格仔中自選個人口味。價錢平民化而且效率高，餸菜多已預先準備，攤販把麵條拋到滾水中，上菜前加入菜葉，焯一下便放入碗中，再加入選好的餸菜及湯汁，數分鐘內端上餐桌，食客站在攤檔旁匆匆進食，吃飽了又忙着幹活。

麵廠可算是車仔麵的幕後功臣之一，有些國際麵廠品牌就是由車仔麵起家，因緣際會全面投入粉麵生產，由前舖後廠，到現在擁有數萬呎廠房；也有百年老字號，由創業至今仍保持前舖後廠格局，家庭作業一代傳一代，堅持每天新鮮製造，保持產品最高質素，引來不少知名人士捧場。這些以街坊生意為重心的麵廠，多選址街市附近。在全港最大的露天街市「廣東道街市」，我找到開業五十多年的新力麵廠。

新力麵廠

廣東道建於一八八七年，初時只有尖沙咀段，後伸延至油麻地旺角段，而廣東道街市是指旺角段與亞皆老街交界的露天市場。露天街市出售民生日常所需的食品及百貨，沒有經過規劃，由人群及商販聚集自然而成。在過去六十多年，新力麵廠默默為街坊提供新鮮麵食。

新力麵廠並非家族生意。創辦人在一九六〇年代開業，並在一九九六年轉讓業務予張錦照師傅，至今已有二十多年，麵廠仍保留前舖後廠格局，工場佔三分之二面積，每日製作新鮮麵食，除此之外，亦出售來自其他麵廠的腸粉、河粉等。

第一次來見張師傅，花了點時間才找到新力麵廠。除廣東道兩旁的店舖外，馬路上亦擺滿了其他攤檔，商販撐起太陽傘，貨物掛得滿滿，而行人路旁的店舖顯得分外低調。即使如此，店外仍擠滿顧客，早已對麵廠位置瞭如指掌。店面由員工邵姑娘打理，不論有多少客人也應付自如，保持友善態度，她指引我到工場找張

新力麵廠店內的環境

師傅。我那時候心情略為緊張，因在電話預約時，張師傅語氣略帶晦氣地說：「訪問？沒甚麼好說！」然而，面對面的溝通來得更真實，可幸我還是來了，認識到內心善良的張師傅，提醒自己凡事要深入了解才下判斷。

在被麵粉染成灰白色的工場中，我找到正在製作餃子皮的張師傅。接手新力麵廠二十多年，每年只有大年初一休息一天，對工作如此熱誠，想必十分喜歡做麵。「無話鍾唔鍾意，入行都係老竇決定，細個邊識啊，我冇心機讀書，佢識呢行嘅人咪安排我做。我嘅志願係當兵，試過考保衛隊考唔上，但當上民安隊，早幾年先退休。」說罷他就拿出自己身穿制服、精神抖擻的相片，說起在民安隊的日子是他最快樂的時間。沒當上軍人，但在張師傅身上不難找到相關特質。

被麵粉染白了的新力麵廠工場，很具藝術感

餃子皮

「做麵為咗搵食，冇辦法，我日日都想退休，但唔係我一個人嘅事，舖頭幾個員工，個個年紀都唔細啦，出到去點搵嘢做。」不太熱情的外表卻有着大將軍的氣慨，把團隊利益放在個人喜好之前，難怪他們如此有默契。鍾師傅幫忙在工場做麵，邵姑娘招待客人，忙碌的時候張師傅也會到舖面幫手，充分體現了團隊精神。

張師傅年輕時希望當兵，後來考上了民安隊，外表冷酷但很為團隊着想，在生活中是一名大將軍

渡過難關

身兼製麵師傅及麵廠的負責人，需要無比的堅忍與耐力。二〇〇三年，麵廠在經營上曾遇到巨大困難。營業初期，新力麵廠除零售外也兼營批發。沙士肆虐那一年，經濟蕭條，很多食肆倒閉，新力麵廠的批發客戶也受到影響，令張師傅損失不少，幸得業主酌情減租才能渡過難關。自此之後他只做零售，規定每天只做七包五十磅的麵粉，即日做即日賣，現金交易，情願只做街坊生意。

店內出售工場即日新鮮製造的雲吞皮、餃子皮、上海麵、全蛋炒麵及蛋炒麵，價錢十分便宜，十元八塊有交易。香港物價飛漲，令人已忘記了十元能買甚麼。「經營困難時，得到業主幫忙，所以我會保持低價錢，希望以這方法回饋大家。」我被這番說話感動了，受了別人幫助而設法幫助他人，合乎邏輯但不是個個做到。

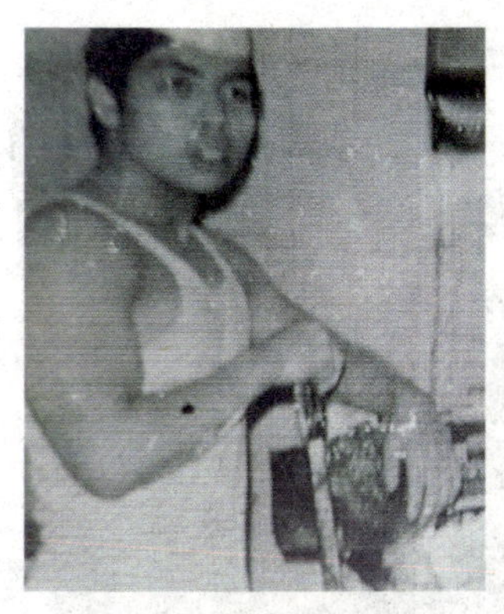
十六歲的張錦照師傅，身形健碩，志願是當兵

開舖至今，張師傅每年只會在年初一休息，也沒有時間去旅行，對喜歡旅行的香港人來說，這種生活大概實在難以想像。其實年輕時張師傅也曾出埠旅行，一九七三年首次到台灣旅行，其後共三次環島遊，經常在心中懷緬沿途風景。張師傅給我們看他十六歲時的照片，身形健碩，他說自己當年很喜歡健身，並一向很注重運動及健康飲食，可惜近年得了冠心病，雖然暫時不需要動手術，但每天也要食藥，這也是他想退休的原因。退休後可以周遊列國，品嚐別國的麵食也是一大樂趣。

手工麵

在地餐桌

製作四步曲

STEP
01

製作麵餅

工場內有兩部大機器，其中一部高度估計有兩米，師傅把麵粉及雞蛋加入頂部長方形箱子內，根據經驗加入適量的水份，麵糰在箱子內攪拌後落在卷軸中，成了麵餅。

STEP
02
擀壓麵餅

把麵餅移至另一部機器，調校不同厚度，重複滑過麵餅，成為師傅心目中的厚度。

STEP
03
入蒸籠

絕大部分的粉麵製造商也會用大型的電子蒸籠，新力麵家仍堅持用傳統的竹籠蒸麵，因此麵條略帶清香。

STEP
04
吹乾麵條

裁切好的麵條掛在工場的一角，以風扇吹乾。

小旅行散步 地圖

1. **海鮮街**：奶路臣街近渡船街段，露天市場的海鮮店舖大多集中在此，種類多價錢便宜，除了住在附近的街坊外，亦吸引不少區外市民前來購買。
2. **人和荳品**：主要出售荳品，包括豆腐、豆卜、腐皮、腐乳等，亦有供堂食的豆腐花、煎豆腐、豆漿等。店內最受注目的是承載豆腐花的瓦缸，放在三腳木架上，蓋上以濾布包裹的木蓋。
3. **新力麵廠**：一九六〇年代開業，於一九九六年轉手至現任老闆張錦照師傅，前舖後廠，每日新鮮製造麵條，在廣東道為街坊服務六十年。
4. **錢江粥品**：舖面保持老店風味，價錢親民，炒麵、油器、粥品均受街坊歡迎。
5. **開心餅店**：開業二十多年，專營傳統西餅、卷蛋（有多種口味）及忌廉蛋糕。
6. **廖同合荳品廠**：於清朝年代創業，超過百年的老字號，仍保持以石磨製荳品。
7. **蛇王業**：一九六五年開業，初期選址深水埗，後擴展業務至旺角廣東道，每年秋冬時間推出時令蛇宴。
8. **中國冰室**：仍保持四五十年代裝潢，閣樓、吊風扇、舊式的地磚牆磚，似走進了時光機。

餐後隨想

孩童對未來充滿想像，我也不例外。小時候的理想職業總跟着電視劇和電影改變，《新紮師兄》燃起我希望伸張正義的心；喜劇當道年代，我就希望憑着圓圓的臉蛋，能當上醜角，說出驚天地泣鬼神的笑話逗人開心；喜歡看漫畫畫漫畫，做畫家、設計師也不錯！可是長大後，上述都沒成為我的職業，某些想法卻一直伴隨着自己，成為做人的座右銘。

這次訪問張師傅勾起我兒時的理想，特別佩服他雖然因為生計而當上造麵師，但從沒忘記喜歡的事，工餘時間在民安隊服務大眾，亦算是實現了個人理想。

和藏桂林夜市·古法煨魷魚·街頭小食

位於旺角的和藏桂林夜市（現已結業），過去七十年堅持手工方法煨魷魚，八十年代開始在戲院門外擺檔，到現在專賣街頭小食，吸引不少長期食客。

和藏桂林夜市
旺角登打士街 55 號

私藏
桂林夜市
金牌牛什
抵食腸粉
香港最愛

曾經是小漁村的香港，現在漁業幾近絕跡，由海上飄搖到「雙腳着地」，香港人以另一方式漂流着。五六十年代，大量人口湧入香港，缺乏工作機會的情況下謀生相當困難，有不少家庭只能搭起簡單流動車仔檔，在街上當小販，售賣日用品或食品以幫補家計。

香港自一八七三年開始設立小販發牌制度，至一九七二年，政府發起「清潔香港」運動，流動熟食小販被視為「不衛生」；一九七九年起停止發小販牌照，當時是發牌的高峰，共有一萬六千張小販牌照。「李伯」正是經歷過以上生活的打拼人士，他的故事是那年代香港人的寫照。你的身邊會否有一個故事相似的「李伯」？

李伯的海上生活

在船上出生的李伯，自小便跟隨父親出海，世代以捕魚為生，一向以海為家。李伯憶述小時候，每晚一家人會把漁船由油麻地避風塘駛到鯉魚門一帶海域，以捕捉魷魚。該處與太平洋連接，水的鹽份特別高，適合魷魚生長。捕獲的鮮魷魚會先剪開，以竹子撐開攤平，漁獲會即時吊在船頭，掛起天然生曬及風乾至全乾，製造出散發海水鹹香味、呈淡粉紅色的九龍吊片（高級魷魚乾）。

育有七個孩子的李伯，年輕時在海上認識太太，在一九七〇年代踏入人生另一階段，孩子相繼出世。眼見避風塘居住人口稠密，海水飄浮着大量垃圾，時有孩子墮海的消息，強力颱風更令很多漁船沉沒，李伯便決定帶同家人上岸居住。從那時起，一家人在旺角一帶當流動小販，售賣九龍吊片製成的煨魷魚。初時在油麻地戲院擺檔，後來到文華戲院，生活雖然艱苦，一家人卻很齊心，孩子放學後來檔口幫忙，「走鬼」也一家人一起走。

一九八四年旺角金聲戲院開幕，來看電影的人潮吸引很多小販來謀生，李伯也經常會在戲院門外擺檔，場面非常熱鬧。一轉眼已幾十年，孩子早已成家立室，認識多年的客人，偶然也會帶同他們的孩子甚至孫兒，前來回憶一番。

筆者小時候對小販的記憶都與戲院有關，「睇戲」（舞台表演）這種大眾娛樂早在新石器時代已經誕生，隨着經濟、民生及科技發展，演出形式、內容、場所，看戲時所吃的食品也在不停演變，有趣的是，「睇戲」這娛樂總跟「吃」扯上關係。

戲院雛形

神功戲是最早的戲劇演出模式，可追溯到新石器時代，約在四百年前，廣東一帶亦有相類似的活動出現。

開埠前的香港，神功戲會在臨時搭建的戲棚內上演，當時漁民和農民的生活單調，神功戲是他們所期盼的娛樂。

神功戲是為了酬謝神恩，給神明欣賞的表演。戲棚位置搭建在寺廟的正前方，一般是尖頂的，方便排水，以帆布及麻布作主要物料。當時香港並沒有本地的戲班，多從潮汕地區邀請而來，隨團的除了演員外，亦有伙頭，日常飲食均在戲棚內進行，四處為家的團員只靠伙頭準備的家鄉菜一解鄉愁。

開埠初期，大量潮汕福建居民遷移至香港，因在港生活單調，對消遣娛樂需求漸趨殷切，街邊戲棚應運而生，同時引來鄉里擺賣由家鄉帶來的生活用品及食品，其中來自潮州的「戲棚粥」甚受歡迎，靠着這些味道，為鄉里排解思鄉之情。

戲園登場

一八五〇年，廣州地區娛樂業發展蓬勃，已有固定的室內娛樂場所（戲園）演出粵劇。可惜太平天國事件令廣州局勢動盪，經濟活動停滯不前，不少商人帶同資金來到香港，改到當時政局較穩定的香港投資娛樂事業。

在開埠初期，華人多聚居在太平山區，香港的首間戲園也在此誕生。當時的戲園均是獨立的建築物。位於太平山區普仁街的同慶戲園是香港首間戲園，建於一八七六年，戲園外不難找到流動攤檔的蹤影。一八七〇年落成的高陞戲園位於上環甘雨街，是香港第二間戲園，在一九二八年重建時於園內開設武昌酒樓，觀眾在看戲前後的茶敍活動，跟現在的 high tea 感覺甚為相似。其後落成的戲園也會自設食堂，見證飲食跟娛樂密不可分的關係。

普慶坊的現貌

在十九世紀末至二十世紀初，大量外來資金投資在香港娛樂產業，不少戲園紛紛落成，當時現代影畫戲尚未傳入香港，場所均被用作粵劇表演。

一八九七年影畫戲首次傳入香港。初期是流動方式放映，空地上搭建臨時帳幕，找人敲鑼叫喊作招徠，同時引來小販擺賣，一哄成墟，漸受觀眾歡迎；後來更在上演粵劇後加插放映，成為觀眾所期待的「甜品」。「甜品」漸成「主菜」，專門放映電影的戲院陸續誕生，位於上環荷李活道六十八號的喜來園影院於一九〇〇年十一月開業，是首家於固定時段播放外國風光和戰爭有關的影畫戲場所，可惜主辦機構在放映數天後即轉往別埠。一九〇七年位於雲咸街的比照戲院落成，同樣於固定時段播戲，每逢播影前散場後，觀眾在門外聚集，小販隨人潮而至，當中以出售小食為主，戲院門外總會傳來陣陣食物香味。

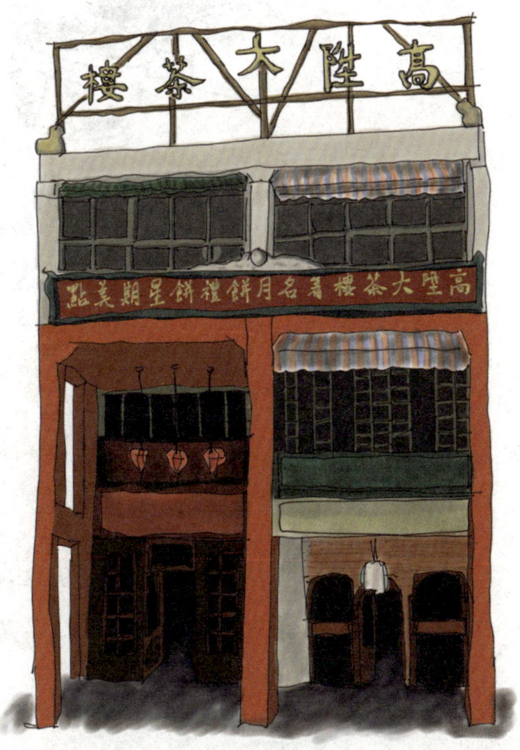

當時不少茶樓以「星期美點」作招徠，意思是每星期轉換部分點心，為客人帶來新鮮感

和藏桂林夜市

這天來到位於旺角的和藏桂林夜市，親訪第二代店主紅姐，聽她細訴由戲院門外遷到街頭小食店的經過，及過去七十年堅持以手工方法煨魷魚的精神。說是夜市，雖然不似台灣夜市般，一條街道上擺有數十檔，但在這樣的一間小店內，香港特色小食卻是應有盡有的。

紅姐的爸爸早年在戲院門外售賣煨魷魚，以紙皮箱架起簡單流動檔口，放上炭爐，煨烤來自泰國的剝皮魷，香氣四溢吸引四方食客。在家中排行第三的她，八歲便要當爸爸的小助手，屈指一算已入行超過五十多年。

「我今年已年過六十歲，回想五十多年前的事，畫面仍歷歷在目。十多歲的我要幫忙開檔，那時候經常要走鬼，市政人員通常只會拘捕大人，小朋友並非目標，但有一次我還是被拘捕了，當局說他們趕不走我，唯有拉我，沒辦法，我要幫手養家嘛！結果家人用兩元保釋了我。」初時在油麻地戲院門外擺檔，自一九七〇年代移到人流更旺的文華戲院擺檔，即朗豪坊現址的對面。文華戲院可同時容納一千三百五十二名觀眾，包括九百六十個堂座及三百九十二個超等座位，是相當大型的戲院。紅姐最難忘是於一九七一年上演《唐山大兄》。那一年她與父親在文華戲院門外擺檔，場面空前熱鬧。文華戲院在八十年代是邵氏院線的龍頭戲院之一，可想當年戲院一帶的熱鬧氣氛，惟戲院於一九九六年結業。

「雖然做到滿身傷痕，腰骨也彎了，但就這樣失傳太可惜了吧！女兒知道我的心願，即使租金昂貴也願意支持。」雖然已有很多年沒有經營煨魷魚檔，但因為由爸爸手上接過煨烤魷魚的古方，所以「承傳」的決心從沒離開紅姐，數年前她於旺角登打士街開店，固定的舖位，告別漂流的生活。

回憶父親在戲院門外設置簡單的檔口，最重要是架起炭爐，輕輕把魷魚放在鐵絲網上，慢火把魷魚烤熟，細心地以葵扇控制火候，魚香味、鮮味……透過熱力散發出來，香氣遍佈戲院四周，引來觀眾在入場前來購買，看戲與小食變得不可分離。煨魷魚可說是六七十年代最能代表戲院的氣味，煨好的魷魚剪成小片，方便跟友人分享或自己慢慢享用。魷魚十分有咬勁、耐嚼，陪伴着觀眾經歷電影內每個喜怒哀樂、起承轉合的情節。

店主紅姐

古法煨魷魚

在地餐桌

根據父親製作煨魷魚的方法，已製乾的吊片需要先拆骨、去皮、剪去頭尾，以免在煨烤時產生苦味及焦味。紅姐熟練地以剪刀兩三下功夫除去了不需要的部分，除此之外，原來剪刀還有更多功能。紅姐把它向上一拋，吹吹口哨，剪刀在空中轉身兩周輕鬆落回手中，是當年在街頭擺賣吸引客人的小把戲。魷魚夾在燒網中，平放在日本製的氣體爐上，以火槍點燃看起來久歷風霜的爐頭。氣體爐代替了當年的炭爐，這爐低火的火力十分平均。紅姐特別喜愛明火慢慢引出魷魚香味，最後，以滾軸來回把魷片燙平，小小的一片魷片可滾出數十厘米的長度。

紅姐製作煨魷魚的過程

製作三部曲

STEP
01
魷魚去骨

先替已製乾的魷魚去骨，因為骨含有苦味。魷片剪去頭尾突出部分，以免在網燒時伸出網外產生焦味。

STEP
02
燒烤

放入燒網中在爐上烤約兩分鐘，期間不停兩邊翻轉，以免燒焦。

STEP
03
出爐

鐵鑄的滾輪先加入生油，把魷魚拉鬆成為魷魚絲。

街頭小食

現在的小食店跟當年的小販檔不一樣，講求賣點，也要給客人更多選擇，因此除古法魷魚外，客人也可選擇為魷魚塗上秘製燒汁或辣汁，增加風味。吃過了辛辣食物，也可來一杯清潤的鮮榨雪梨汁驅走辛味。「這裏的雪梨每日新鮮從果欄運過來，即點即榨，保證新鮮。」

新鮮雪梨汁

除了煀魷魚外，和藏也出售多款小食，紅姐特別介紹牛雜。「在專注賣魷魚前，爸爸也曾出售牛雜，所以我對味道有一份執着，做出美味的牛雜，最重要是新鮮的材料，香料方面也算是父親的食譜，並加以調節。」説罷，紅姐在牛雜鍋內撈出大大的一包香料，比整件牛胃還要大，對食物味道的追求可見一斑。

牛雜鍋

1. 格仔餅

架起炭爐，燒熱了鐵鑄的夾模，倒入由麵粉、發粉、雞蛋、牛奶及砂糖混合而成的蛋漿，填滿了格仔，散發出陣陣香味；憑經驗在合適的時間快速把夾模轉身到另一邊，以鐵鏟鏟去流出的蛋漿。格仔餅餅底完成後即時加入煉奶、花生醬及砂糖，熱力把醬料味道融合，筆者喜歡走砂糖，少點甜味多點回味。

2. 煎釀三寶

新鮮鯪魚攪拌而成的魚肉，淡淡滲透着白胡椒粉及麻油調味料的香味。雖説是三寶，但種類卻不少，魚肉釀入豆腐、茄子、青椒、尖椒、紅腸等食材中，色彩繽紛；又或是把魚肉搓成圓形，放入熱油中炸至金黃色。煎釀三寶一般也是預先準備，客人選擇好後才夾進袋子，再加入甜豉油及甜醬。

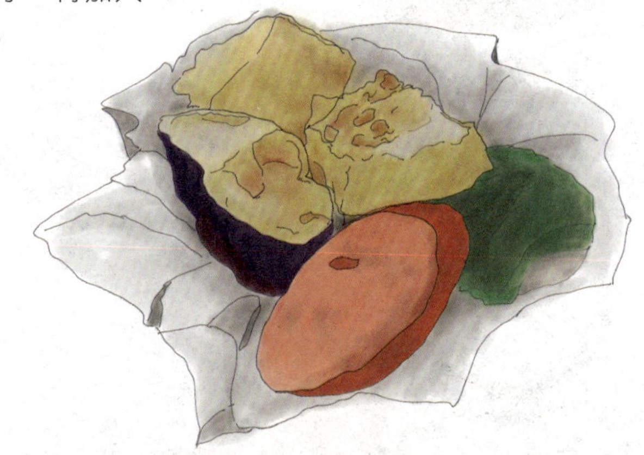

3. 白糖糕

「白糖糕、西米糕，好靚嘅白糖糕、西米糕……」

小時候住在公營房屋，每逢星期二、四下午走廊響起叫賣聲，小販推着流動車走遍整個屋苑。白色簡單的外表，食材同樣簡單，混合粘米粉、砂糖、酵母、水、菜油，等待發酵兩至三小時後蒸熟。白糖糕味道甜中帶微酸，源自發酵米漿。有說順德的白糖糕粘米、新米與舊米比例講究，去除了酸味留下清甜味道。

4. 砵仔糕

分為黃色、白色、有紅豆與沒有紅豆四種，主要食材是粘米粉。黃色砵仔糕加入黃糖，而白色砵仔糕則加入砂糖。粘米粉、糖及水混合後倒入瓦砵蒸熟，以竹籤沿碗邊脫模，插入砵仔糕中間部分取出，拿着竹籤即時食用，甜甜的口感煙韌。現在瓦砵則以瓷碗代替，不少已改為預先獨立包裝，有些小店仍保留把砵仔糕保存在蒸籠的做法，食用時才取出。

5. 咖哩魚蛋

咖哩魚蛋在香港街頭小食中，名氣很大，「去篤串魚蛋」已成為街頭小食的代名詞。看似簡單，但魚蛋跟咖哩汁的變化空間很大，魚蛋用的魚、魚肉與麵粉比例、陳皮等調味料，秘製咖哩汁、大中小辣……各式其式，每家都有捧場客。從前吃魚蛋多是拿着竹籤，選擇辣度後，攤販即時用竹籤串起，邊走邊吃，近年多以發泡膠盒代替，也許魚蛋味道沒變，但總覺得它留在竹籤上味道好一點。

6. 豬腸粉

以粘米粉、澄麵粉、生粉、水及鹽混合成米漿，蒸熟後不加入任何餡料直接捲起，口感軟滑帶點米香，光溜溜的外表有點似豬腸，因此也稱為「豬腸粉」。

蒸好的腸粉會保存在蒸籠內，有客人下單才夾出，再以剪刀把每條腸粉剪開三至四節，放在已塗上熟油的燒臘紙上，按客人喜好加入甜豉油、麻醬、甜醬、辣醬及芝麻，最後放入竹籤。醬料是豬腸粉的靈魂，每每帶來回頭客的都是經過店家特製的醬料。

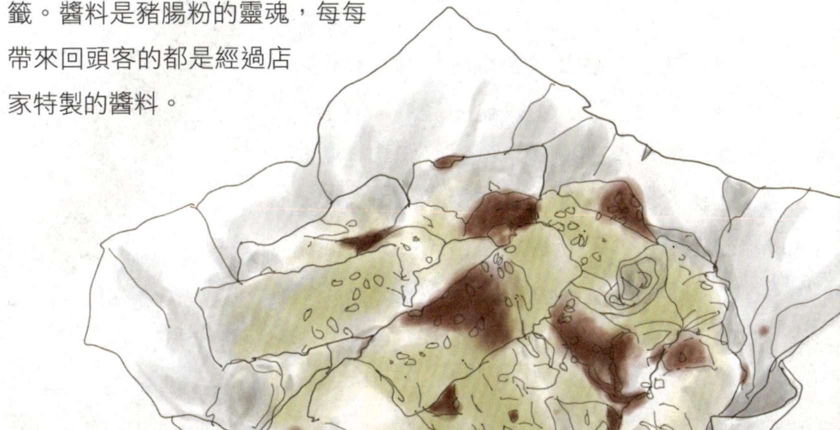

7. 生菜魚肉與碗仔翅

碗仔翅代表着大眾市民希望過富裕生活的想像，流行於六七十年代，以粉絲代替魚翅，同時有冬菇、木耳、雞絲，埋茨加入蛋汁，是在街頭其中一款能飽肚的小食。吃的時候可選擇加入醋及辣菜脯。

生菜魚肉食材簡單，湯底卻十分講究，較傳統的做法是用大地魚熬製，以小刀或匙羹把碟中的魚肉挖到湯內，最後加入生菜稍微燙一下便可，喜歡的可加入少量白胡椒，是下雨天特別受歡迎的食品之一。

8. 魚肉燒賣

跟茶樓一盅兩件的燒賣不同，街頭魚肉燒賣以魚肉代替豬肉蝦肉，廉價魚肉打成魚蓉後及混合麵粉，每家比例不一。燒賣皮以雞蛋及麵粉搓成，鮮黃色調，加入魚肉後蒸熟。以竹籤串起，沾上甜豉油及辣油，口感煙韌。雖説茶樓的燒賣用料較矜貴，但街頭的魚肉燒賣也是不少人的 comfort food。

餐後隨想

這次採訪十分順利，說明了希望採訪的方向，紅姐便似踏上了舞台，有條理亦具娛樂性地表演手藝，與觀眾互動。她是食物生產者，同時更像台前的表演者，大概因她也曾與香港度過八十至九十年代的電影黃金年代。

印象中那時候的電影長度大致相同，約九十分鐘，固定的放映時間，週末時間與家人看晚上七時半與九時半的場節，場次間沒時間吃晚餐，草草在戲院門外購買小食，碗仔翅、雞蛋仔、鹵味、煨魷魚……是童年時不少週末的回憶。

客家茶果·茶果·鐵皮屋故事

到茶果嶺採訪時，在村口士多遇到一群正閒聊的村民，好奇問道：「茶果嶺有茶果吃嗎？」她們熱情地回應：「有，打個電話即刻有！」二話不說便撥出電話。不消兩分鐘，客家村民馮太便拿着圓型鐵盆，載着當日新鮮製作的鹹茶果走來。

茶果嶺

茶果嶺是位於九龍東的一條舊村落，其發展可追溯至清末民初時期，當時是九龍東管轄中心「四山公所」的所在地，管轄範圍包括牛頭角、茜草灣（即藍田一帶）、茶果嶺及鯉魚門，村民多以開採石礦及農耕維生。當時駐紮在九龍寨城的滿清官員在每「山」（石礦）任命一「頭人」（頭目），合稱「四山頭人」，主管四山大小事務，而他們的辦公室設在「四山公所」。

四山公所

在廣東惠州及梅州一帶居住的客家人中，有不少著名的打石工匠，帶同非凡技術來到香港為打石業作出重要貢獻。因此，早期在茶果嶺聚居的以客家人為主。聽說村後的山崗長滿血桐樹，客家人在蒸茶果時將其葉子墊在底部，因此得名茶果嶺。

這裏高峰期曾有兩萬多名居民，過百家商戶，單是茶樓已有三家。現在居民餘下不到一千人。在遊覽茶果嶺時往山上看，不難發現明顯的開山痕跡，見證這裏光輝的打石業歷史。

茶果嶺地質以花崗岩中的麻石為主，除了被村民就地取材建屋外，石材亦用於建造了不少香港重要建築物，包括前立法會大樓及中銀總行等，更遠銷至廣州，建造廣州石室聖心大堂。除麻石外，茶果嶺亦盛產高嶺土，又稱白泥，可造胭脂粉和陶瓷，曾出口日本。自六十年代停產後，石礦場漸成為附近野狗的棲息處，村民特別提醒不要往山上跑，即使自小在這裏長大的村民也盡量不會上山。

花崗岩建成的房屋

除靠山謀生外，亞細亞火油公司也曾選址茶果嶺建儲油庫。油公司曾是香港第二大企業，資本僅次於滙豐銀行，在日佔期間所有資產被日軍徵用，戰後一九四七年在四山管轄中的茜草灣建了儲油庫，後於一九九〇年代重建成今天的麗港城。

亞細亞火油公司經營殼牌汽油

殼牌汽油
"SHELL"
MOTOR SPIRIT
司公油火亞細亞
殼牌汽油

石油氣罐

安樂蝸居

茶果嶺人口在一九五〇年高速增長，大量新移民遷居到香港，大大增加了對房屋的需求。當時在山腳有大量以鐵皮搭建的寮屋，依山而建。

茶果嶺多年來經歷無數大小火災，二〇〇一年及二〇〇六年的火災更奪去村民性命。寮屋建屋物料十分易燃，在消防到場前，村民都會自發救火。茶果嶺的救火隊在一九八二年成立，由村民集資購買救火物資，火警發生時便會敲響銅鑼通知居民撤離，同時拉喉救火。一九八二年六月政府進行寮屋登記，自此之後房屋只能維修，不能擴建也不可以蓋新的。因此，茶果嶺的房屋到現在都沒有獨立廁所，村民上廁所需要到附近公廁。

公廁座落的茶果嶺道，是一九五五年填海計劃的一部分。為配合觀塘工業區發展，把茶果嶺山丘填海到對開海域，除增加工業及住宅土地外，亦大大改善對外交通。一九六〇年代前，茶果嶺居民需步行到現在彩虹一帶乘坐巴士，到油麻地、佐敦一帶需要半天時間。那時候，反而比較多居民坐三舨船（又稱舢舨船）到筲箕灣購買日用品。

一九八〇年後，政府大力發展觀塘區，四山公所原址被命名為「四山街」。六十年代，政府於牛頭角興建了公屋，現在四山中剩下的只有茶果嶺村及鯉魚門村。然而，茶果嶺發展計劃已鐵定分兩期進行，預計分別在二〇二七及二〇二九年完工，清拆在即，有人歡喜有人愁，保育與發展之間的矛盾從來沒有最佳方案。

茶果和狗仔粉

第一次來到茶果嶺採訪時，在村口士多碰到一群正閒聊的村民，好奇問道：「茶果嶺有茶果吃嗎？」她們熱情地回應：「有，打個電話即刻有！」二話不說便撥出電話。不消兩分鐘，客家村民馮太便拿着圓型鐵盆，從石屋與鐵皮屋交錯的小巷間走過來，攜着當日新鮮製作的鹹茶果。鹹茶果以糯米粉包裹蘿蔔絲、肉丁及蝦米，剛蒸熟不久，外皮甚有彈性。

馮太是客家人，早有親戚定居茶果嶺。婚後來港在這裏與丈夫團聚，育有一名兒子，一直是家庭主婦。直到年前，一向在茶果嶺製作茶果及偶然開烹飪班的姑媽有感年紀老邁，希望正式退休，於是把家傳食譜一一傳授給馮太。就這樣，茶果將馮太跟街坊緊緊連結起來。好客的馮太還邀請我一起製作茶果，面前的她眼神堅定地站着，看似用盡全身力量搓壓着粉糰，付出的力氣與煙韌程度成正比，在狹小的空間製作無限美味的食物。

原來除了鹹茶果，馮太平日也會製作狗仔粉，原本只做外賣，在筆者誠懇的請求下，馮太帶我來到她居住的鐵皮屋，爬上幾乎斜四十五度的鐵樓梯來到二樓。雖然仍是春天，但室內已是一陣悶熱，夏天烈日當空時，更難以想像侷促的狀況。然而美味的茶果卻在這裏誕生。

馮太製作的狗仔粉

有關狗仔粉的由來，據説是日治時期慈善機構向貧苦大眾派發湯粉充飢，當時稱為「救濟粉」，後因發音相似，被叫作「狗仔粉」。沒有指定配菜，不講求賣相，價錢既便宜亦飽肚，因此在資源貧乏的年代，成為大行其道的平民小吃。

其後香港經濟起飛，吃不再只為了果腹，而成為了生活享受，狗仔粉這類平民小吃亦逐漸式微。在寮屋村落，享受曾盛行的小食，有點時光倒流的感覺。

天后誕

遷居到這裏十多年的馮太，生活脈搏早跟茶果嶺一起跳動，每年農曆三月舉行的天后誕，是全村的盛事，對馮太來說也很重要，在戲棚外的小食攤檔定必找到她的蹤影。她在天后誕一星期前便放下所有工作開始準備，雖然疲倦，但每年仍會期待這天的來臨。

茶果嶺慶祝天后誕的重要節目包括巡遊及神功戲，臨時戲棚架在天后廟側荒廢了的學校校舍，邀請本地著名戲團表演。全村居民齊集在天后廟附近，年長的人在棚外買點小食坐着看戲，小朋友到處亂竄、捉迷藏，場面熱鬧，跟現在人人低頭手執電話不一樣。

準備蒸茶果

天后誕盛況

「台上一分鐘，台下十年功」，花了畢生時間練習的大老倌，縱使站在台上無數次，後台準備氣氛依然緊張，觀眾的掌聲就是表演者的最佳燃料，成為他們繼續向前的動力。相同的能量也推動着馮太，為延續姑媽的手藝，多年來反覆練習，在村民間得到認同。

在後台準備的大老倌

茶果

在地餐桌

茶果是客家人的美食之一，以簡單的糯米粉及粘米粉作外皮，餡料則千變萬化、就地取材，簡單蒸煮，鹹甜兩食，是客家人在千多年遷徙過程中，憑藉求存求變精神演變出來的食物，既是日常小食，也出得大場面，是請客宴席桌上常見菜色。

製作三部曲

STEP 01 準備食材

馮太最着重的是茶果的餡料，有蘿蔔、豬肉、菜脯、花生、蝦米、青蔥，預早一天炒熟。

STEP 02 混合粉類

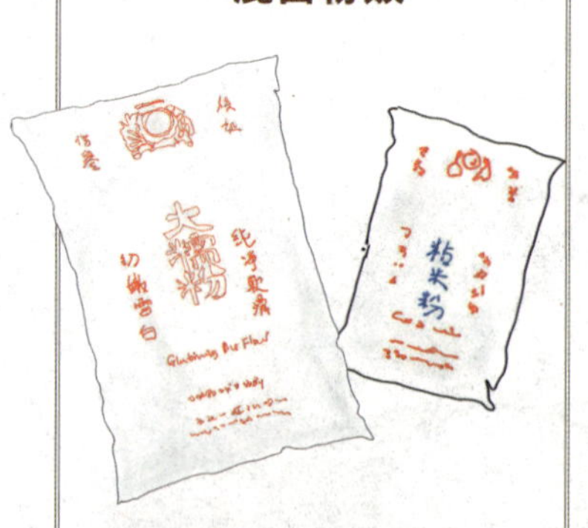

茶果的皮由糯米粉及粘米粉混合而成，比例五比一，加入一茶匙菜油後，慢慢加入熱水搓勻。

STEP 03 裹餡蒸煮

以玻璃瓶代替擀麵棒壓平麵糰，包入餡料，搓圓後於在粽葉上，大火蒸十五分鐘。

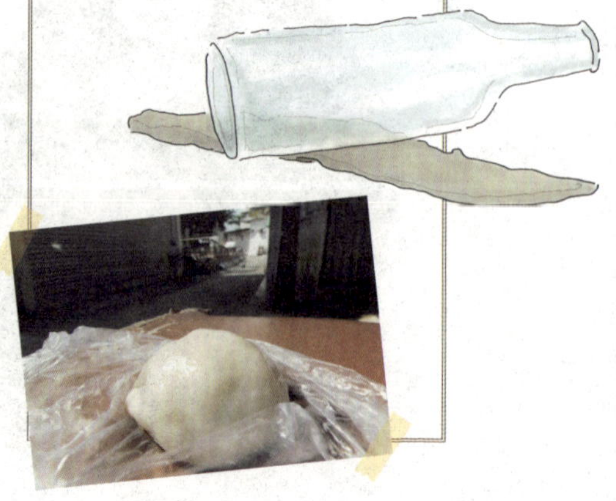

茶果分類圖

茶果是客家人傳統茶點，隨着他們的遷移歷史，茶果也在不同地方加入當地時令食材，麵糰加入不同植物，包含鹹甜餡料。

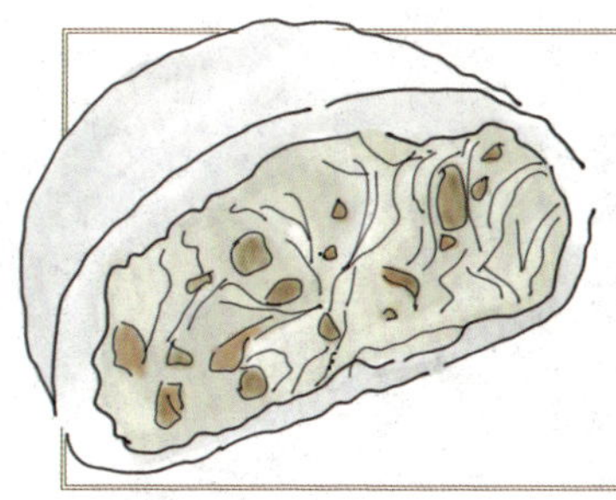

甜茶果

餡料以紅豆及花生為主要食材。

鹹茶果

餡料以蘿蔔、豬肉、蝦米及眉豆為主。

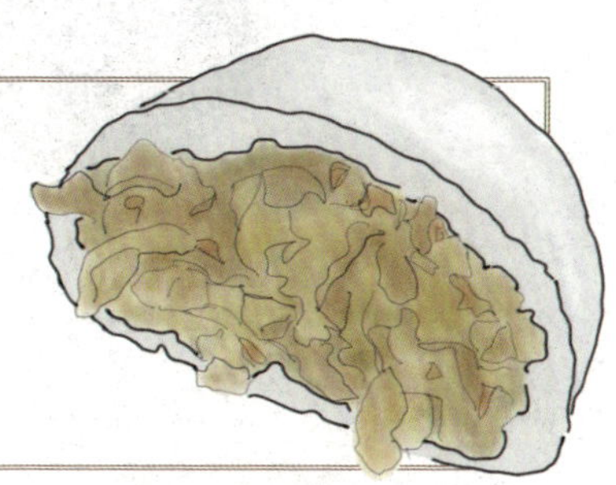

斑蘭龜糕

客家人把茶果帶到東南亞後演變而成，加入代表馬六甲風味的斑蘭、椰糖及椰絲。

雞屎藤茶果

在麵糰中加入植物「雞屎藤」的汁液，能清熱解毒，加入鹹甜餡料，不加入餡料的則搓成細圓。

艾粄

麵糰加入艾草及片糖煮成的葉汁，具有消炎作用。

喜粄

嫁女必備小點，麵糰需要發酵，沒有加入餡料，在麵糰中加入南瓜，蒸熟後在茶果面蓋上紅色的意頭字句。

餐後隨想

炎夏時分在鐵皮屋內製作茶果一點也不好受，熱空氣靜止在室內，比在太陽下直射的溫度更高，但馮太總算是靠雙手養活自己及家人。只消數分鐘便能吃掉的茶果，背後付上努力與汗水，與冷冰冰機械式製作形成強烈對比，卻與茶果嶺「就地取材，靠山吃山」的故事產生共鳴。

感激馮太無私分享製作茶果的技巧，過程中令我留下最深印象的一句話是：「付出越大的力氣，便得到越煙韌的皮。」一分耕耘一分收穫，體現了馮太的做人態度，也正是這態度讓她的家傳茶果食譜得以承傳。

榮華冰室・西多士・與馴獸師的對話

榮華冰室位於茶果嶺大街，由店主鏡叔的父親在一九六二年開店，雖不是茶果嶺的第一家冰室，卻是現存歷史最悠久的。

榮華冰室
茶果嶺大街 106 號 A

2. 榮華冰室

榮華冰室前身是一所耶穌堂，為花崗岩石建築，後期因信眾日多，地方不足需要擴充，於是遷至明德學校現址，原址則一分為二，其中一部分便是榮華冰室。

冰室仍保留開業時的裝潢，細心看不難發現，卡座向牆身是直角，而向走廊方面的櫈背卻是圓角，以免客人撞傷。原來卡座是在開業時，鏡叔父親到長沙灣一家結業冰室買下的，經水路運送到茶果嶺，為配合冰室空間，向牆一邊切割了一部分，這樣算來卡座至少有七十多年歷史。

店內保留了一個不准吐痰的告示牌，用斑駁古銅色的相框框着；抬頭一看，天花板還掛着古舊的風扇，彷彿建造了一條時光隧道，一步之遙就回到過去。

榮華冰室內部

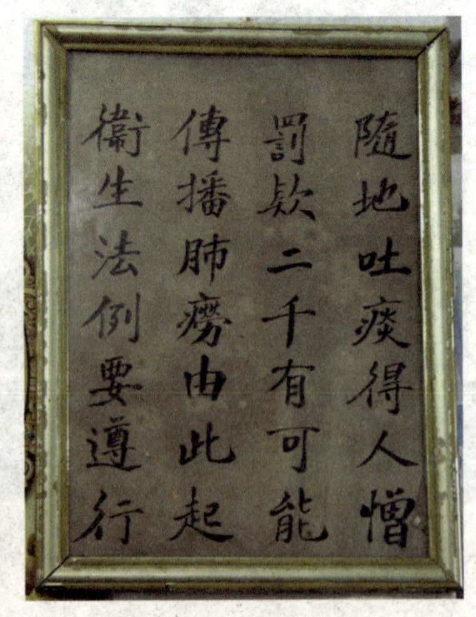

不准吐痰牌

至少七十年歷史的卡座

鏡叔

四十多年前，冰室由歐陽偉鏡（鏡叔）接手，由最初只售冰室常見小食及飲品，到後來加入更多粉麵飯的選擇。有些街坊，尤其是退休人士，每日早午兩餐都來榮華冰室「報到」。而鏡嬸近年常與街坊出外旅行，牆上貼着的旅行照片，也記錄了她和街坊間深厚的感情。鏡叔則表示自己甚少同行，怕旅行時沒人開舖，街坊「摸門釘」會感到失望。

西多士

在地餐桌

筆者很喜歡這裏的西多士及奶茶。西多士即叫即炸，鋪上一層厚厚的糖漿，中間還夾着花生醬，是最經典的製法，配上幼滑的奶茶，真是天生的一對。

西多士是冰室的經典食品，具物盡其用的概念。早期冰室多自設麵包工場，以供零售及製作店內的三文治及多士等小食，而賣剩的麵包加入蛋汁，以食用油炸香，就成為香脆可口的西式多士（與法式多士相近）。

製作五部曲

STEP 01

打蛋

雞蛋打勻，加入少許糖。

STEP
02
塗醬

隔夜麵包兩塊，一面塗上粗粒花生醬，然後放上另一塊麵包。

STEP
03
蛋漿

放入蛋漿中，每邊浸五分鐘，讓麵包吸收蛋液。

STEP
04
油炸

麵包放在滾油中，中火炸至金黃。

STEP
05
完成

趁熱加上糖漿及牛油，立即進食。

茶果嶺的馴獸師

筆者在搜尋茶果嶺的資料時，機緣巧合地聯絡到香港唯一的馴獸師——蕭國威（威哥）。威哥自一九五〇年便居住在茶果嶺，近年當上了在地導遊，加上他的職業非常特別，所以筆者對這次訪問感到十分興奮。這天我們相約在榮華冰室，一大早他便精神奕奕地走進來，跟鏡叔、鏡嬸及在座的街坊打了聲招呼，然後鏡嬸稔熟地端上熱奶茶。

在茶果嶺長大的威哥是榮華冰室的常客，他每天起床第一件事便是來吃早餐，最愛奶茶及三文治。他向我推薦鏡嬸的秘製鹵水雞翼尖，口感非常嫩滑，甜豉油味道均勻地滲入，外皮不會太鹹，肉味鹹淡適中。這款小食並沒有列在餐牌上，每天只限量製作給熟客享用。

威哥的常餐

威哥

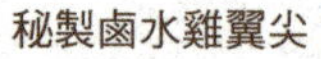
秘製鹵水雞翼尖

冰室的牆上貼有不少威哥在荔園當馴獸師時的照片，加上他親身講述往事，彷彿一個真人圖書館。威哥還介紹說對面的開記冰室，是村內第一家冰室，位置在茶果嶺道旁，開業初期填海工程尚未展開，冰室正正在海邊，年輕的威哥最愛與朋友來喝茶，坐在窗邊垂釣。這次他一邊喝着茶，一邊說起當年在荔園工作的點滴，每一隻猛獸的性格、細節他還記得一清二楚，恍如昨日。

威哥十八歲就跟隨東南亞著名的馴獸師沈常福工作。當時沈常福馬戲團是世界十大馬戲班之一，風靡東南亞，最受觀眾歡迎的劇目是「虎豹大匯演」，在籠內馴獸師同時跟虎和豹互動。威哥在三年內隨馬戲班遊歷了馬來西亞、山打根（馬來西亞北面城市）、新加坡、台灣等地。二十一歲到澳門新花都娛樂場內的動物園工作了三年，園內以動物為主，沒有猛獸，喜歡刺激的他感到工作頗為乏味。於是在二十四歲那一年經引薦到荔園工作，成為香港唯一的本土馴獸師，前後任職共十八年。

威哥在荔園的工作證

威哥在荔園當馴獸師時的照片

虎豹大匯演

從威哥訓練動物的心得，也可看到人生智慧。他說：「要讓牠知道你對牠好。」一般來説，一隻初來的猛獸一定要留在籠中幾個月，威哥每天親自餵飼，食飽後便會叫喚牠的名字，慢慢建立信任。三個月後，便會在猛獸吃飽時走入籠，慢慢走到牠身邊，一邊叫着名字，一邊留意眼神，這方法絕大部分時候也能成功。威哥這種先以「善」對待動物、建立彼此信任的做法，我深深相信放諸人生皆準。

沈常福馬戲團曾在黃大仙七層徙置大廈外的空地紮營，作表演場地，在娛樂貧乏年代，是不少香港人日夜期待的活動

各種猛獸

呷醋王金錢豹

不知道令威哥印象最深的是哪些猛獸呢？威哥回答：「是呷醋王金錢豹。」從前荔園有兩隻金錢豹，男的叫 Limo，女的叫 Gigo，一次威哥在籠中摸着 Gigo，一時忘了 Limo，豈料 Limo 呷醋，一口咬住威哥大髀，只是「輕輕一咬」已幾乎斷骨。Limo 知道自己闖了禍，頓時感到害怕，瑟縮一角。威哥沒有怪牠，反而上前安慰，難怪在相中的 Limo 望着威哥的眼神似嬌嗲的貓。

威哥認為大象是最聰明的動物，而荔園的鎮園之寶「天奴」是威哥一手訓練出來，學懂最多動作，後來更加插了觀眾餵食香蕉的環節。一次，一名觀眾貪玩地把香蕉幾次遞給天奴又收回，再遞出來時天奴沒有理睬，轉身走向身後水池吸了一大啖水，然後將水噴向那位觀眾。

充滿智慧的大象天奴

獅子是萬獸之王，但威哥卻認為牠不及豹兇猛，「獅子吃飽了之後，你在牠前面走來走去都不會襲擊你，但豹即使不餓，有獵物出現也會先把牠殺死，放在一旁積穀防飢。」獅子的獅哮功十分利害，聲音能震爆玻璃，能讓猴子失足從樹上掉下。

威哥馴養過不少類型的熊，他覺得東南亞的棕熊性格最馴良，更有熊在他茶果嶺的家居住過。「如要選我最喜愛的猛獸，那應該是熊，牠心情好時會伸手掌，很可愛。」熊最愛吃紅米、蕃薯、竹，野生的熊會食肉，但在動物園的熊一般只會吃素。

東南亞的棕熊

四十二歲那年，威哥有感體力大不如前，也是時候退下火線。他說：「那時候還要養家，不會想太多，最重要是賺錢，當馴獸師是最風光的日子，但做人要知進退輕重，現在也很好呀！」說罷發出一陣響亮的笑聲，知足常樂寫在威哥的臉上。

雲臺大宅

完成第一次訪問後，筆者被善於說故事的威哥所吸引，得悉他幾乎每天早上都會去榮華冰室飲早茶，與街坊閒話家常，談談當年。威哥從小在茶果嶺長大，結婚、生子、退休，在這裏渡過不少歲月。

威哥喜歡猛獸原來是受父親所薰陶，父親蕭雲厂在五十年代從上海帶同大量資金來到香港。「那時候足以買起整條彌敦道。」威哥憶述說。帶點浪子性格的父親反而選擇在偏僻的茶果嶺買下半邊山，現仍位於在茶果嶺山崗的「雲臺」就在那時候建成，目的是提供足夠地方飼養猛獸。

蕭父一直想在香港建動物園，遠在一九三九年開始，便四處搜購猛獸，輾轉間造就了在荔園設動物園區的構思。在茶果嶺家中飼養的猛獸，多數是由師傅沈常福引線，由水路從東南亞運來香港，在茶果嶺對開海面上岸。因碼頭地方屬於亞細亞油公司，事前須先向油公司申請，經過油庫把動物運上山。威哥憶述那時候茶果嶺有一條鐵橋，由亞細亞油公司（即現在的麗港城）通往觀塘成業街，那時候成業街仍是海邊。

威哥在大宅內介紹當年動物居住的位置，想不到那時候香港已經有企鵝。「每日要在太古運一塊約三呎乘兩呎乘一呎的冰塊給企鵝站在上面。那時候，『左顯記蠔油』在工展會期間，曾借企鵝站場，配合企鵝商標。後來我家小朋友出世，把猛獸養在家中有一定危險性，於是全部都遷移至大埔松園仙館」。威哥說。

「雲臺」大宅設計十分特別，半圓型建築，在大閘前有石砌魚池，雖然沒有巨型柱躉，卻構造出大宅的氣勢。進入閘門後，先經過主屋，左面放着石刻船，石面有蕭父所題的「泊萬里船」，但因船身易儲積水，引發蚊患，後來把船身封了。走過橋來到與主屋分開的圓型設計廚房，往上走便到了擁有開揚景致的天台，望着維多利亞港東面入口，坐在這裏談天說地很寫意。

威哥

石刻船

石刻船上的「泊萬里船」

小旅行散步

地圖

1. **茶果嶺村口**：七八十年代曾是茶樓及街市的位置。
2. **茂發茶室**：牛腩跟雲吞都是自家製，炆牛腩以羅漢果代替糖。
3. **榮華冰室**：一九七二年開業至今，是茶果嶺僅存的冰室。
4. **坪石**：茶果嶺在一九六〇年前陸路尚未開通，前往市區需行山到「三山國王」（即現在的坪石）乘坐巴士到市區。
5. **海邊**：茶果嶺道在填海後才出現，打通了對外交通，填海前這裡是村民喝茶釣魚的地方。
6. **小輪**：在打通陸路交通前，村民乘小輪到筲箕灣購買日用品。
7. **茶果嶺建築**：山崗主要以花崗岩中的麻石組成，石材建造了不少香港重要建築物。
8. **龍舟隊泊岸處**：茶果嶺龍舟隊「合義龍」休季時停泊在岸上。
9. **天后廟**：每年舉行天后寶誕的地方。

餐後隨想

茶，是簡單卻難忘的味道，而在榮華冰室，一杯茶更透視了威哥的人生故事。聽畢威哥的分享，筆者腦海中出現了威哥坐在冰室窗邊嘆茶垂釣的畫面。善於說故事的威哥把往事描繪得活靈活現，完成了第一次訪問後，我也成為了他的粉絲。不少週六早上，我和威哥相約到榮華冰室 breakfast meeting，他是冰室的客人，但更像東道主，喝着茶，品嚐簡單的小食，我們就這樣建立了彼此關係。

後來威哥更邀請我到大宅一遊，真是畢生難忘。我們本來說好了辦一場天台晚餐，邀請一班朋友交流聚餐，可惜因工作忙碌，一直未付諸實行。直至一次茶果嶺發生火警，我致電問候威哥，電話卻沒人接聽，不久便傳來他去世的消息。

現代社會的交通和通訊比以往發達，人與人的聯繫不再受到限制，但多姿多彩的生活卻成了人們沒空見面的藉口。有時候，約朋友喝一杯茶、吃一頓飯就是建構關係的基石，跟重要的人多做一點小事情，可能會令你人生更無憾。

茂發茶室‧雲吞麵‧餐桌博物館

茂發茶室座落在茶果嶺村的主要巷道上，是村民出入的必經之地。茶室沒有固定營業時間，主要在平日黃昏六點前營業，除了出售麵食外，也售賣生活百貨。

茂發茶室
茶果嶺村 106 號 A 舖

茂發茶室的建築由花崗岩建成，建材取自茶果嶺的山崗，以人手打石的方式取出。現址前身是武館，後來易手成為麵店，現時的店主是吳寶和（華哥）。一九五五年華哥父親接手時，已是第四代業主。店內一直保存着當年的裝修及舊式瓦屋頂，直至近年天花漏水嚴重，才把天窗封住。

開業時前舖後居，華哥父親一家人住在舖面後及閣樓。當時人口尚盛的茶果嶺，光顧的客人絡繹不絕，不單吃飯時間，宵夜時間生意也不俗。那時候營業時間十分長，前舖後居形式正好能兼顧家庭及事業。初期主要出售粥品，粥底尤其出色，街坊說起時仍津津回味。

茂發茶室

經營茂發茶室的吳寶和先生，名字的「和」字跟「華」音相近，街坊都稱他「華哥」，較年長的街坊稱他「華仔」。年少時已隨家人在茶果嶺定居，一住便五十多年。年輕時當中港司機穿梭兩地，年前因遇到意外，轉職的士司機，同時亦從父親手中正式接手茶室。

牛腩雲吞麵

華哥接手後，茶室主打牛腩雲吞麵，牛腩跟雲吞都是自家製。每次說起茂發茶室的牛腩，華哥都手舞足蹈：「我們跟別家不同，這裏的炆牛腩以羅漢果代替糖，去核後沒有了甘味只餘下甜味，希望讓客人品嚐高質素而且健康的食品。」雲吞也是自己包的，日日新鮮製造，很彈牙。茶果嶺人口不多，出售麵食賺不了多少錢，雖然有時候也會替街坊訂麵，但只會以貼近來貨價錢出售，希望透過舖頭與街坊繼續連繫是他仍然經營下去的動力。由守護家業到用心製作的食品，華哥都活出了「可持續」（sustainable）的生活態度。

茶果嶺龍舟隊

華哥對這地方很有熱情，對往事如數家珍，一次又一次帶我回到舊日的茶果嶺。由全盛時期二萬人口到現時約二千人口，村內的店舖也逐漸減少，餘下的小店與這片土地有着深厚的連結，一直默默地守護着的不單是這片土地，還有光顧的客人、街坊，也是老朋友。到此遊覽同時光顧一下小店，是對他們這片鄉土情懷的小小支持。坐在店內，吃的不只是食物，也是背後的故事。

説起年少往事，華哥驕傲地分享自己曾是茶果嶺龍舟隊成員，代表自己的村到當時強隊雲集的油麻地避風塘比賽。把在岸上放了一年的龍舟送到海上，是每年端午節的重要儀式，全村最具經驗的船匠，這天來到為龍舟再次拉緊龍脊，龍頭升起，昂然為年度賽事作準備。

雲吞

在地餐桌

「雲吞」在古代跟「餛飩」是同一種食品，源自中國華北地區，自唐代開始由北方傳到南方。餛飩在北方的製作方法歷來沒有太大改變，仍保持元寶形狀。傳到南方後則不斷演變，與當地食材及飲食文化融合。

早在明朝萬曆年間（約一五九一年），由杭州人養生家（古時的營養師）高濂撰寫的《遵生八箋》中，已記載「餛飩方」，製作方法跟現在的雲吞麵相似，以麵皮緊緊包裹肉餡，不漏一絲縫隙才算是標準；傳入四川後加入了當地菜味濃、善用麻辣的特色，造就了今天的「紅油抄手」；來到廣州則加入了海鮮，取名「雲吞」，是「餛飩」的廣東讀音，於清末民初開始流行於廣州西關街頭，上世紀二十至三十年代傳入香港。雲吞作為其中一種代表香港本土文化的食品，雲吞麵已成為香港非物質文化遺產之一。

到上世紀五十年代，內地大量移民湧入香港，思鄉情切同時帶動對雲吞麵的需求，小販晚上就在騎樓底擺檔。根據舊照片上的資料顯示，小販以擔挑一邊提着熱湯、一邊提着麵及雲吞餡料，擺檔時敲打竹片叫賣，知會附近居民。

雲吞麵分大、中、細三個份量選擇，雲吞數目有所不同，大碗七粒、中碗五粒、細碗三粒。小販受環境限制，大多只會供應細碗，又稱為「細蓉」，「蓉」是指「出水芙蓉」，以美女比喻嫩滑彈牙的靚麵。

製作三部曲

STEP 01

製麵

「雲吞麵」的全名是「雲吞竹昇麵」，把鴨蛋加入麵粉中，坐在竹竿上，以身體上下跳動的力量壓到麵團約三十分鐘，令麵身更具彈性。現在仍以竹竿壓麵團幾乎絕跡，大多以機械代替。

STEP 02

包餡料

以麵粉皮包裹蝦肉及豬肉，一手拿着雲吞皮，另一手把餡料撥入並掐實成魚尾形狀，一口大小為標準。

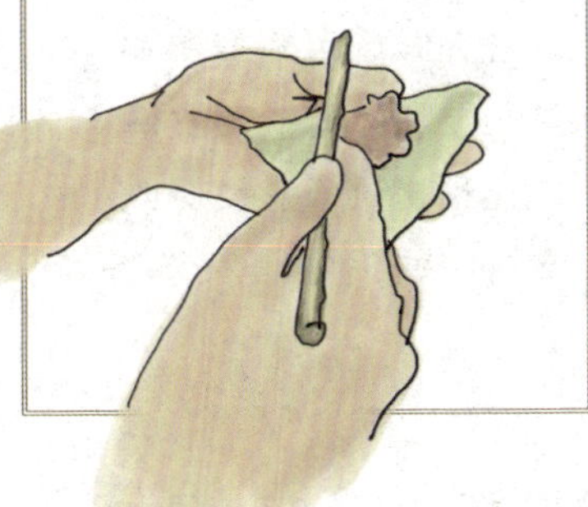

STEP 03

湯底

以豬骨、魚、雞等食材熬製，上菜時加入韭菜。

小旅行散步

博物館

在店內用餐，恍如走進餐桌的博物館。店內仍以碩果僅存的磚砌火水爐煮食，雖是舊式，但以磚保溫能節約能源。舖頭使用雞公碗，除了經典圖案外，最有價值是匠人親筆簽名的版本，市面上絕無僅有。歷代飯殼也妥善保存，歷史最悠久的以銅製，人手一下一下打出來，雖然不是完美的形狀，但製品每個都不同，比機械大量製作更具個性。

茶室小物一覽

開業時找木匠手雕的招牌，幸有華哥不時為它補油，保養得宜。

隨地吐痰罰款告示偶然也會在老店中發現，但藍色背景的還是首次看見。往時政府規定食肆內必須提供痰罐及倒入漂白水。

四山公立學校創校三十年校刊，由一九八二年保存至今，校友包括名伶羅家英先生。

往時食肆負責人須接受定期防疫注射，包括白喉、瘧疾等。

開業至今不同時期用的飯殼，時序由右至左分別以銅、木及不銹鋼製造。

每隻雞公碗上均有匠人的親筆簽名的版本，市面上絕無僅有。

店面放有金魚缸，缸內有用午餐肉罐自製的遊樂場。

在門口坐鎮的火水爐，以磚頭砌成，由開業服務至今，前後經歷三次維修，最近一次維修中加上不銹鋼枱面。

祖傳水煙壺，年份不能考證，但華哥相信已有百年歷史。

小屋以茶果嶺的花崗岩建成，就地取材，十分堅固，同時保存了瓦磚及天窗，近年為解決天花漏水嚴重問題，已將天窗封好。

餐後隨想

華哥的成長期正值茶果嶺人口全盛時期，而不少居民對七十年代前茶果嶺的繁華景象分外懷念。雖然當時只有海上交通對外連繫，但自成一角的社區擁有自家文化、茶樓、街市、學校、自衛隊等，恍如一個小王國。

到了現在，花崗岩建成的小屋中穿插新建成的寮屋，一直伸延至半山。在茂發茶室中與華哥交流，每逢談到往事，華哥的眼裏總會閃過一抹光彩，對店內的東西及故事如數家珍，彷彿複述昨天才發生的事。

祺森冰室‧蝦多士‧小島音樂夢

坪洲是香港二百六十三座小島的一分子，位於北大嶼山以東，面積約一平方公里，地勢大致平坦，十分適合需要平地的工業在這裏設廠。的確，現在寧靜的坪洲曾被稱為「工業小島」，在上世紀六十年代進入全盛時期，島上老字號冰室「祺森冰室」始創人就在這時候定居坪洲。

坪洲路線

1. 祺森冰室

祺森冰室

坪洲永安街 3 號地下

一九六〇年，祺森冰室創辦人林太公來到坪洲生活，見證坪洲的冰室開幕，在熱鬧的氣氛感染下，林太公也很希望有一天能在這裏營運冰室。這願望在十年後成真，一九七〇年林太公頂手生意，讓現在店主 Gary（林先生）的父親親自經營。林父年輕時行船當伙頭，開業時配合冰室的小食餐牌，主力出售紅豆冰、三文治等小食，及後加入上海麵，讓客人有「飽肚」的選擇。

祺森冰室見證小島工業由盛轉衰，至十多年前，Gary 放棄平面設計事業，回到成長的地方，接管冰室生意及帶來新動力，在餐單方面加入更多小食。自小在這裏長大，過往週末亦會來幫忙，全職接管生意本來沒有難度；但性格使然，他希望為客人帶來新鮮感，想到坪洲是一小島，靠海食海，於是加入「蝦多士」這小食。

歷史久遠的椅桌

祺森冰室

店主 Gary

具年代感的花磚地板

蝦多士

在地餐桌

蝦多士是流行於五十年代的小食，林父把行船時學到的食譜放入餐單中。多士裏有豬肉、洋蔥及鮮蝦，處理鮮蝦工序尤其繁複，因新鮮蝦很黏殼，需要小心翼翼用手慢慢剝開。

Gary 堅持使用新鮮蝦，在休漁期間情願暫停供應蝦多士，也不想影響食物質素，「新鮮蝦有彈牙口感，是來貨的蝦膠無法取代。」繁複工序令這道小食早已式微，幸得有心人願意付出時間，讓年輕人也能一嚐來自上世紀的美食。

製作四部曲

STEP
01
切粒

蝦剝殼後切粒。

STEP
02
拌漿

拌入用香料炒成的麵漿。

STEP
03
釀餡

釀入已切成三角形的麵包上，加上另一塊麵包把餡料完全包裹。

STEP
04
炸熟

蘸上蛋漿及麵包糠，放入油鍋中炸熟。

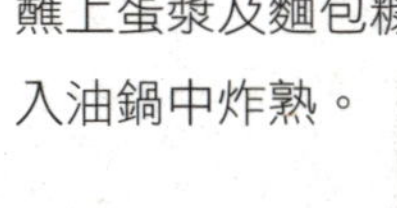

與時並進

對於要在餐單上作出改動，Gary 也曾有迷失的時候，不肯定能否為餐廳帶來新生意，但最終還是認定目標，不停向前衝，嘗試食材比例及烹調方法。有一天，一位熟客在吃過蝦多士後，走到他面前説：「味道很好，要加油呀！」多年前的一句話至今仍留在他心中，成為一股動力，令 Gary 希望以高質素的食物回饋客人支持。

最終蝦多士瘋魔一時，電台名嘴及媒體相繼報道，每逢週末門外都會出現長長人龍，到下午二時已售罄。但 Gary 沒有因此而感到驕傲，反而不斷作出改良，希望即使是熟客，每次來吃蝦多士也會感到驚喜。Gary 喜歡自我挑戰不斷學習的精神，讓已有數十年歷史的祺森冰室與時並進，既保留了歷史也破舊立新。

除餐單外，年前 Gary 亦重新裝修祺森冰室，邀請一名居於坪洲的室內設計師親自操刀，特別保留了標誌性的橙綠色卡座。原來這顏色當年是由 Gary 媽媽挑選。把最不協調的橙色和綠色放在一起，對從事設計的 Gary 來説本是錯配，但卻打破常規成為客人所喜愛的元素，在店舖中很有紀念價值。設計師知道 Gary 捨不得把櫈換掉，於是一口答應把櫈保留，裝修期間更特別租借地方存放。

橙綠色卡座

除了保留原有特色外，冰室亦加入 Gary 個人風格，喜愛音樂的他，曾與朋友合組樂隊，在祺森冰室打烊後在這裏舉行音樂會。裝修後，牆上掛上 Gary 的結他、結他海報及相關物品作裝飾。可惜 Gary 表示近年工作越來越忙碌，他已有一段時間沒有夾 band，希望很快可以看到 Gary 的演出。

Gary 的結他

小旅行散步 地圖

1. **祺森冰室**：於一九七〇年開業，招牌食物「蝦多士」，年前裝修後保留耀眼卡座。
2. **勝利合記灰窰廠**：坪洲全盛時期有十一間灰窰廠，勝利合記灰窰廠是其中一間較大規模的工廠。
3. **大利灰窰廠**：與勝利合記灰窰廠一樣較具規模，但兩者都已被清拆。
4. **「大中國火柴廠界」石碑**：火柴廠於一九三七年由上海富商劉鴻生創辦，石碑曾用於劃分廠房範圍。
5. **牛皮廠遺址**：民宿、藝術創作及零售的綜合中心。

石灰行業

說到坪洲的工業歷史，要從十九世紀末説起。在工業成為香港主要經濟支柱前，石灰業便在坪洲扎根，良好的天然資源及地理位置讓坪洲得到廠商垂青。

小島四周天然資源豐富，海水清澈，提供合適環境讓珊瑚及其他貝殼類生長，為石灰生產提供源源不絕的原材料，只要把曬乾的貝殼珊瑚放入灰窰內，以高溫燒成灰燼便是石灰。而坪洲位處珠江口岸，船運往來十分方便，當時運輸主要依賴航運，此位置能節省運輸成本及航海時間。全盛時期，島上共有十一間灰窰廠，「勝利合記」及「大利」兩家灰窰廠最具規模，現時仍能隱約看到「勝利合記」廠房的遺址。

勝利合記灰窰廠遺址

把晒乾的貝殼珊瑚放入灰窰內
高溫燒成灰燼，便是石灰

大中國火柴廠

一九三八年，天星小輪開辦往返離島路線，當中包括坪洲。往來市區交通相對便利，增加人口流動性，也造就了島上工業更多元化發展。當中最大規模是「大中國火柴廠」，火柴廠於一九三七年由上海富商劉鴻生創辦，廠房位於北灣及北灣舊村，曾是東南亞最大的火柴生產商，為多個火柴品牌生產，大多分銷海外市場，高峰期曾僱用二千名員工。

現址已荒廢，部分建成豪宅，曾用來劃分廠房範圍的石碑，早已散落到各處或在重建時被丟棄，現只餘下一塊。街坊不忍見它被埋在草叢間，便把它搬移到志仁街較當眼位置，從此火柴廠的範圍只能記錄在文獻上。

石碑

大中國火柴

村民在志仁街舊井口放下香爐灶拜祭，感恩井水曾養活村民

牛皮廠

一九四七年，日本投降不久，內地局勢漸趨不穩；至一九五〇年間，近二百萬人逃難到香港，當中包括帶同資本的商家及一般勞動大眾，短時間內大量人口、生產技術及資金湧入，為香港經濟帶來新動力。

有資金及技術的商人開始在局勢較穩定的香港設廠，而增長的人口亦提供源源不絕的勞動力。香港工業於這時期高速發展，往後三十多年成為重要經濟支柱。而坪洲亦於六十年代進入工業全盛時期，小小的島嶼上有超過三十種工業，包括銅管廠、牛皮廠、紡織廠、造船廠、柚木傢俬廠、陶瓷繪畫加工、藤器廠等過百家廠房及山寨廠，主要集中在西北部，被喻為「工業小島」。

牛皮廠由火柴廠老闆於一九三〇年代創辦，充分利用坪洲豐富的天然資源「石灰」——生牛皮加工的重要材料，就地取材同時亦讓業務更多元。牛皮廠運作四十多年，至一九七五年正式關閉。直到一九七六年，所有工廠才正式結業，現在島上仍能看到昔日工業發展的遺址。

在荒廢多年後，得有心人相助，把塌下的建築物進行復修，單是加固已花了五年時間，現已成為民宿、藝術創作及零售的綜合中心。

遊人可從碼頭方向的永安街進入，穿過注入藝術元素的牛皮廠時光隧道，或從沙灘方向的志仁街進入，以 Secret Garden 標誌作起點，遊覽已被列為三級歷史建築物的廠房。大部分地方可免費遊覽，因此近年成為打卡熱點，讓更多人透過不同方式認識牛皮廠及坪洲的過去，了解它們如何完成了工業生產的使命。隨着社會進步，牛皮廠亦已轉型，有幸能遇到有心人，把這段歷史保育下來，能以另一方式發揮功能，不至於完全荒廢。

Secret Garden

牛皮廠現已成為民宿、藝術創作及零售的綜合中心

今天的坪洲已回歸平靜，近年新型公私營房屋相繼落成，島上仍有約五千人居住，商鋪以民生所需為主，除週末到坪洲遊覽的人潮外，平日清晨及黃昏時分，隨着小輪的班次、踏着急趕步伐穿過橫街小巷，坪洲到今天仍是一個充滿活力的小島。

餐後隨想

採訪前，在網絡上蒐集了一些資料，對祺森冰室的歷史已有所掌握，本想這是一個「意料之內」的訪問，但 Gary 對工作的熱誠、好學不倦的精神、高自我要求等，都令我很驚訝，沒想過在一家老冰室內遇到的能量，竟是那麼具感染力。

接手營運多年的老店，就像站在十字路口，決定這是終點還是起點。Gary 大可輕鬆地留在原地，繼續以往的營運模式；但他知道這樣的工作並不能為自己及社區帶來快樂，他積極的心令腳步沒有停下來，最終向自己相信的道路前進。

而在遊歷坪洲這個工業小島後，令筆者再次回想起自己的祖母，她在一九五〇年初來到香港，也有為工業起飛出一分力。起初她在打紗工廠工作，負責把紗線編織成布匹，給製衣廠編織成衣，每月賺取三十元工錢，與當年坪洲工業小島上的人一樣，用心地製作出「香港製造」的產品。

麵包舖‧芝麻餅‧泰國人的本土夢

「麵包舖」，一個多麼平實的名字，默默與坪洲渡過了近三十年光景，跟香港一樣有着不平凡的奮鬥史。

Anoy 麵包舖
坪洲永興街 11 號地舖

2. 麵包舖

一九九二年，池重光（光叔）與妻子在坪洲開設中式麵包店，依從純樸小島風情，簡單直接地取名為「麵包舖」。包點每日新鮮出爐，其中雞尾包、芝麻餅很受歡迎。光叔每天早上為上班上學的島民提供新鮮早餐，從凌晨三時開始工作，五時半開舖，過去數十年平凡踏實地為街坊服務。一般只消五分鐘便吃完的麵包，背後卻花了不少功夫及時間。

這天凌晨三時，筆者在中環登上開往坪洲的小輪。説不清是尾班船還是首班船，船上大多是消遣後回家的島民，在寧靜氣氛中閉目養神半小時，當船泊岸的廣播聲響起，大家都抖擻一下精神，徐徐下船。登上小島，走進永興街，看到靜謐的街道中唯獨一家店舖燈火通明，笑容可掬的 Anoy 走來。

店主 Anoy

Anoy 麵包舖

七天成師

Anoy 是一位泰國人，二十多年前為了愛情來到香港，婚後定居坪洲，一直是相父教子的家庭主婦。女兒長大後，Anoy 終重拾個人生活，並決定投身社會。喜歡烤焗烹飪的她曾在不同麵包店工作，她認為麵包師傅是一家餅店的靈魂人物，「成為麵包師傅」這想法漸漸像種子般在內心深處發芽。

年前得悉坪洲「麵包舖」老闆光叔不幸患上重病，健康日漸轉差，已到無法繼續營運店舖的狀況，麵包舖無奈下準備結束營業。得知這個消息後，Anoy 希望成為麵包師傅的心火再次燃起，沒想太多便向光叔提出接手生意，並獲一口答應。

光叔花了七天時間，就把畢生經驗傳授給 Anoy。烹飪的步驟、份量可以靠筆記記錄，但食物質感、火候控制及其他細節便得靠實踐累積。Anoy 很清楚經驗是沒有捷徑的。古代有七步成詩，而 Anoy 要七天成師，當上了麵包師傅，迅即展開了日夜顛倒的生活，

Anoy 用心烤焗麵包

新鮮出爐的菠蘿包

每天工作二十小時，收工後在舖頭小睡片刻又再開始工作，雖然得到家人體諒，但卻發出健康警號。前陣子，起床一刻眼前漆黑一片，天旋地轉，那天是年多來唯一休息的一天。

Anoy 笑說，當上麵包師傅後發掘了自我潛能的無限可能。超級颱風「山竹」在二〇一八年九月吹襲香港期間，坪洲水位高漲，雨水無法排出大海，海邊街道被水淹沒。颱風正面吹襲那一晚，Anoy 擔心舖頭狀況，一直留守着，眼見水位急速上漲，情急下也來不及找丈夫幫忙，不知從哪裏來的力氣，她竟一手拿起十斤重的麵粉抛到閣樓。雖然雪櫃被浸壞了，但總算將損失減到最低。

除了菠蘿包，當然還有其他包點

在生意尚未上軌道之前，Anoy 不敢增加人手，憑一己之力撐起舖頭很不容易。筋疲力盡時，Anoy 也會質疑自己為何要這麼辛苦？為何不選擇輕鬆的生活，她說這時候就會抬頭望望寫給自己的鼓勵標語：「你可以感到疲倦，請謹記帶着微笑堅持。」這樣疲倦就會一掃而空，深呼吸一口氣，又繼續揉搓着麵糰。體力上的勞累沒有消耗她的意志，聽到客人一句「好食」是最佳的回報，Anoy 讓我看到「熱情」可令一個人走得多遠。

「你可以感到疲倦，請謹記帶着微笑堅持。」

Anoy 以微笑應付工作

芝麻餅

在地餐桌

早已聽聞來坪洲必定要吃麵包舖的芝麻餅！這次有機會了解製作過程，解開陣陣鹹香是如何練成的秘密。以光叔的經驗作基礎，Anoy 其後花了長時間揣摩竅門。成功從來也要付出努力，但不一定是「大力」才能成功——輕輕地搓麵糰才能避免起筋，煉成脆口的芝麻餅。

芝麻餅每天新鮮出爐，限量發售，成為不少遊人到坪洲必吃的小食。店主建議最好先打電話來預訂，免得白走一趟。現在，Anoy 也一直進步，為了便利島外客人，正計劃開設網店，令更多人有機會品嚐回味無窮的芝麻餅。跟 Anoy 學習芝麻餅，也學習她的正能量。

製作芝麻餅要加入南乳及豬油，揉餅時散發陣陣南乳香

製作三部曲

STEP
01
混入材料

在麵糊中混入南乳及豬油，細心把材料搓勻，壓成薄薄的一大片。

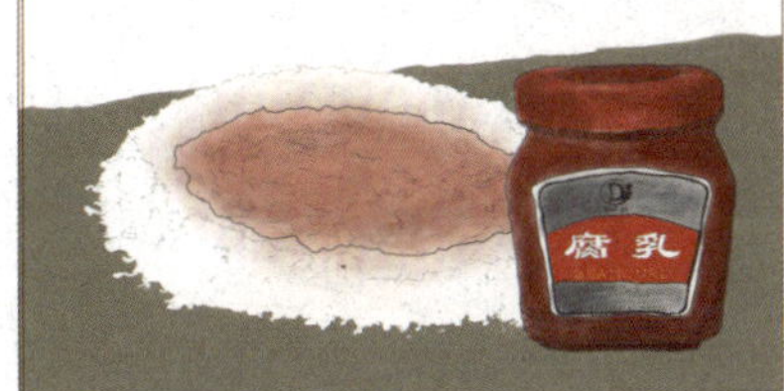

STEP
02
黏上芝麻

輕輕黏上早已炒香的黑白芝麻。

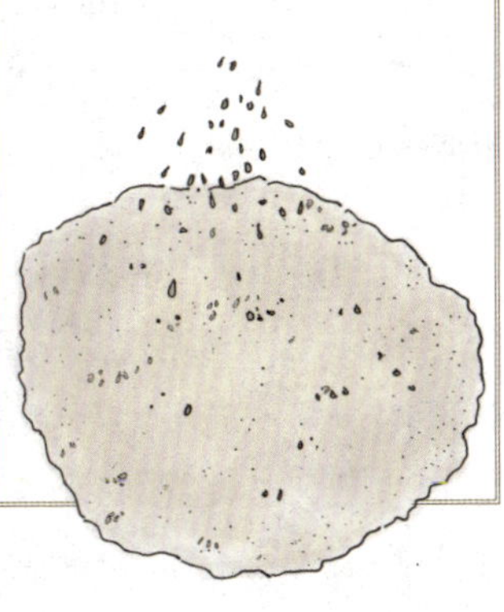

STEP
03
出爐

在焗爐中靜待十分鐘，出爐即成。

辛勞的果碩

採訪到了尾聲，大家一起忙着開店，Anoy 問我們想吃甚麼包點作早餐，我們說：「想吃你最喜歡的那一款！」説罷，她遞上了剛才一起製作的菠蘿包，新鮮的麵包味道無可匹敵，香脆外皮下吃到實在的麵糰，熱氣還在冒出，以美味的麵包作辛勞過後的報酬。

麵包舖現已改名為「Anoy 麵包舖」，繼續每日為坪洲人提供新鮮麵包。一間港式麵包店滲透點點泰國風情，泰文歌、奶茶加入泰國茶葉，還有泰國人老闆 Anoy 的熱誠。除了麵包外，很多客人也希望在這裏買到咖啡奶茶，不用多走一個地方。順應民意誕生的奶茶也絕不馬虎，是中國茶與泰國茶混合而成，沒有港式奶茶的濃厚，卻多了一份清新，也跟 Anoy 跨國籍的身份產生了共鳴。

小旅行散步
地圖

古建築路線

1. **Anoy 麵包舖**：一九九二年開業至今，芝麻餅是到坪洲必吃小食。
2. **仙姊廟**：香港僅存兩家七姐習俗古廟之一。
3. **坪洲天后宮**：十九世紀的建築古蹟，用以供奉天后。
4. **金花廟**：島上現存最古舊的建築物。
5. **山頂村義祠**：是臨終病人、流浪者的終途宿舍。
6. **悅龍聖苑**：又名龍母廟，是坪洲面積最大的寺廟。
7. **坪洲史諾比石**：暱稱為史諾比的釣魚石。

仙姊廟

建於一九五四年的仙姊廟，是香港僅存兩家七姐習俗古廟之一，位於坪洲北灣。據説當年周姓廟主出海時撈得一木雕像，該晚得七姐報夢，於是放在木屋區外的涼亭供奉。木屋區現已改建為金坪邨，而廟外海灘亦已填海，只剩下山崗上的涼亭。七姐廟一般供祈求女紅手藝進步，但這裏的仙姊廟則是求子。

坪洲天后宮

天后宮位於坪洲永安街，建於一七八九年。因填海關係，廟已不再座落在海邊，廟前仍有大片空地，面向碼頭，中間並無建築物遮擋，保留望海風水格局。廟內保存大量文物，將古時人們深信的傳説以及重大事情記錄下來。

金花廟

金花廟在香港並不常見，現存的只有兩間，另一間在荃灣區的青龍頭。相傳金花聖母成長於一個武教官之家，耳濡目染之下，成為文武雙全、劫富濟貧的正義人物，因此死後被供奉為神。

坪洲金花廟約在一七六二年間建成，位於天后宮之北，相信是島上現存最古舊的建築物。有關建廟的由來，相傳一名藥師為重病妻子四出尋藥，路經附近的金花神像，誠心祈求能找到合適草藥，妻子痊癒後，藥師在坪洲建金花廟以謝神恩。每年農曆四月十七日是金花誕，有醒獅表演，源於信徒關德興先生自一九八一年起，每年均會在金花誕帶獅隊而開始。廟旁的古老大榕樹設有伯公神位，旁有公井，是坪洲六口公井之一，以八卦形狀設計，與風水佈局有關。

金花廟

公井

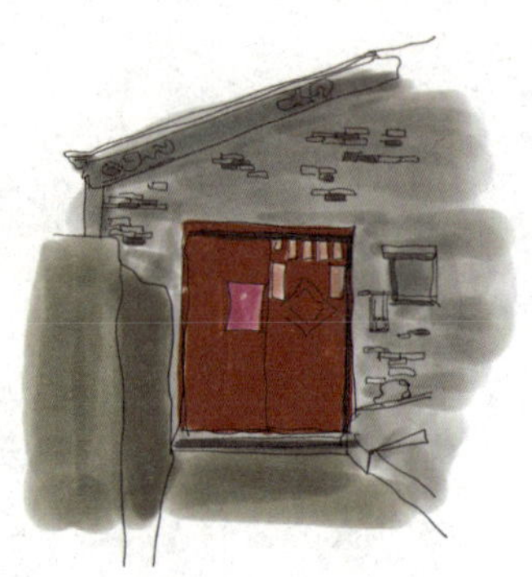

義祠

義祠位於金花廟後方，建於一八七〇年代，現被評為三級歷史建築物。當時的義祠是一所方便院，由島上居民合資興建，照顧貧困臨終病人及流浪者，亦為無依靠的居民代辦喪葬。在二戰後，屍體規定送往醫院，義祠功能漸失，屬私人物業的它現已成為一所儲物房。平日大門深鎖，只在金花誕時才會開放。

悦龍聖苑

悦龍聖苑又名龍母廟，是坪洲面積最大的寺廟，位於坪洲東灣志仁街十五號。祖廟設於廣東悦城。據説一名鍾姓女士因受龍母感召，於一九四一年把龍母信物帶到香港建廟，隨城市發展而經歷四次搬遷，最終在一九七一年建廟於坪洲，至今已有四十多年歷史，是現存島上規模最大的寺廟。龍母是廣泛流行於廣東省及湖南省一帶的神靈。據説龍母是一名來自梧州藤縣的溫姓女子，一次在河溪中救起祥龍，並一起行善，死後百姓集資興建龍母廟記念。每年農曆五月八日為龍母誕，吸引信眾前來祈求全家平安。

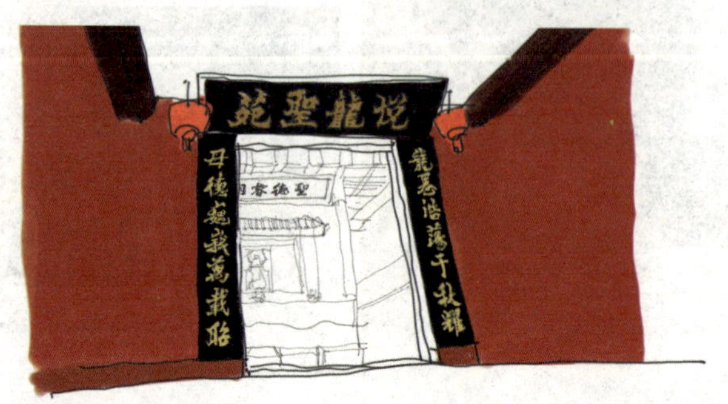

餐後隨想

筆者小時候居住的屋邨有兩家麵包店。一家是茶餐廳，一邊入口放置了麵包展示櫃，可外賣或堂食；另一家則是麵包店，入口兩旁是麵包櫃，正前方是收銀位置，後面放了一部很大的切麵包機，父親常在這裏買方包。店員將長方形的麵包放上切割機，來回地推着刀片，看着麵包一塊塊跌下，實在令人着迷，幻想有一天也能成為麵包機的「駕駛者」……

不知 Anoy 小時候會否也曾站在麵包店前發呆想像呢？在聽過 Anoy 的奮鬥故事後，令我產生很多感悟。無論發生甚麼事情，人還是要堅強地活着，為了自己的夢想努力，或許我們不能掌握命運，卻可以選擇以怎樣的心情面對前路。

悅和醬園・醬油・調味之本

「醬」、「醋」、「酒」是香港人家中必備的調味品，配合不同的煮食方法及食材，成為變化萬千的菜式。悅和醬園生產醬料七十多年，成立至今堅持在香港生產各種醬材和酒醋。

悅和醬園
荃灣街市街三十三號地下

1945
和 醬園
YUET WO
然生抽
自釀米酒
悅和酒
梅酒
醋

不少記載中顯示，自古代以來人們便懂得食用醋，「酸」是人類烹飪中最古老的調味，於大自然中自然而生，是土地賜予的豐富味道。「酒醋同源」，能釀造酒的材料同樣能生產醋，東方國家一般以穀物，例如稻米等釀製米酒及米醋，而西方國家則以葡萄釀造。

天下第一調味品

杜康是中國民間傳記人物之一，在朝廷中掌管糧食，十分善於釀酒，因此被稱作「酒神」。相傳他的兒子覺得把釀酒後的酒糟棄掉太可惜，於是把酒糟放入缸中，廿一日後竟發出奇香，酸甜皆備，即今日的醋。但一般認為中國在商朝時期開始釀酒，晉陽（亦即現今的太原）是食醋的發源地之一，中國四大名醋產地為江蘇鎮江、四川閬中、福建永春和山西清徐。在冷凍技術發明前，醋酸用作保存食物，在抑制細菌滋生方面扮演十分重要角色，在中式傳統烹飪中亦是不可或缺的調味料。

調味之本

「醬」、「醋」及「酒」並駕齊驅，配合不同的煮食方法及食材，成為變化萬千的菜式。雖然在食物中看不見調味料的本體，但缺少它們，味道便成不了氣候。作家神山典士在《食饗》一書中更形容「醋」為中國菜中的「料理總督」，在菜餚中加入醋為整道菜提味；而「醬」則是「八珍之主」，再名貴的山珍海味也要依靠醬料為它調味，就像任何主角也需要甘草演員的襯托。除了中國菜外，亞洲其他菜系中也不難找到相同的調味程式，例如日本菜調味基調由酢、豉油、清酒組成，「酢」意思是帶酸的調味料，是「醋」的古字。

據考古學發現，人類在八千年前於歐亞地區格魯吉亞（Sakartvelo）開始以葡萄釀酒，是現時被認定為首個釀酒的地方，至今仍保留陶罐釀酒的器皿。中國賈湖遺址則發現約公元前七千年，以米、蜂蜜、山楂及葡萄釀酒的遺跡。日本的味醂以糯米為主要食材，酒精濃度一般在十五度以下。酒精內的醋酸菌接觸氧氣後進行氧化作用，發酵成為醋。醋在古埃及曾被用作對付瘟疫，意大利人也將醋應用在醫藥上，特別在消化系統有關的疾病，現代也提倡在飯後喝點醋能促進消化。雖然人類生活模式及經濟活動不斷演變，醬油、酒及醋在數千年飲食文化中，始終扮演着重要角色。

香港醬油廠歷史

自開埠以來，洋人及華人在港投資的取向有明顯分別，洋資公司傾向重工業，例如造船、英泥、冰塊、煉糖等行業，而華資公司則傾向投資勞工密集的輕工業，例如紡織業、醬油業等。

十九世紀末期，旺角何文田一帶交通尚未開通，人口稀少，居民以養豬及種菜為生。一八八〇年代，差館街（即現在的上海街）由油麻地伸延至旺角村，十九世紀末旺角村至九龍城的亞皆老街落成，陸路交通改善引來需要大量平地生產的醬園及涼果廠遷入。當時的醬園多以「珍」字作結尾，現在仍能在太平道看到「同珍醬園」昔日廠房舊址。

同珍醬園舊址

一九一五年旺角咀（即現在的山東街與塘尾道之間）的避風塘完工；一九一九年設立旺角咀碼頭來往港島小輪航線，令旺角一帶迅速發展；一九二〇年前後部分醬園遷往九龍城、土瓜灣及鑽石山一帶。一九三四年香港中華廠商聯合會成立，致力推動華資工業，開拓香港製品的海外市場，其時不少醬油品牌進軍國際，奠定穩定的業務基礎，也是部分品牌至今仍活躍於業界的主要因素之一。美珍醬園便是香港碩果僅存的百年醬園，於一九一七年創立。初期廠房設於九龍城，戰前已開始出口醬油及涼果到海外。戰時被禁出口，於是在中環嘉咸街開店轉戰本地市場，那時候改名為九龍醬園，亦是現在大家較熟悉的品牌。

據「香港記憶」的口述歷史記載，昔日的衙前圍村附近也有不少醬園和涼菓廠。

「衙前圍附近有不少醬園和涼菓廠，樂善堂王仲銘中學（原址）昔日是同珍醬園，生產醬油和涼菓……東頭邨耀東樓（原址）昔日是羅三記，出產『長蘇嘜』醬油；石鼓壟村附近有興亞公司和香文花園，興亞出產涼菓和醬油。」[1]

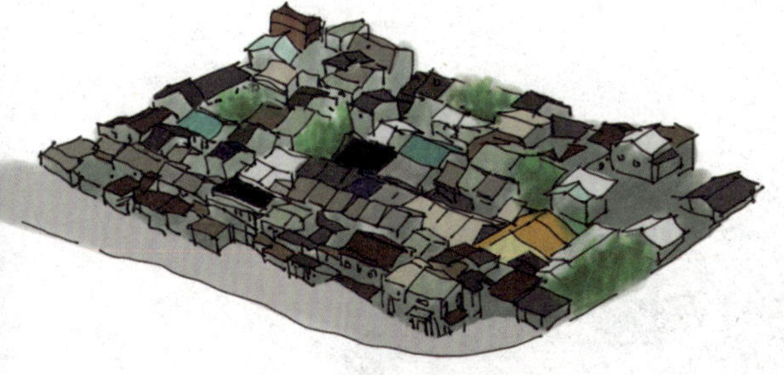

衙前圍村，位於九龍城地區，建於一五七〇至一五七四年間，自一九八〇年代起被地產商逐步收購，居民現已全部遷出

1. 香港記憶：https://www.hkmemory.hk/

悅和醬園

醬園行業在香港有一定影響力，例如一九四九年成立的油麻地街坊福利會首屆理監事十多名成員中，便有兩名醬園東主。至五十年代可說是香港醬油業的盛世，這次筆者探訪的悅和醬園正正誕生在這年代。

悅和醬園創辦人龐堯由佛山來港，因懷念家鄉的味道，與同鄉兄弟龐喜堂於一九三九年在荃灣創立了悅和醬園，於一九四五年正式申領商業牌照，廠房設於荃灣德士古道，並設有三家門市，這正是荃灣高速發展為工業區的年代。一九六一年，政府刊憲將荃灣發展為香港首個新市鎮，龐氏決定另覓廠房，於一九六三年在上水古洞石仔嶺買地，興建四千五百呎新廠房，於一九七三年搬遷，保留荃灣門市。選址主要考慮這裏地勢平坦，沒有高山阻擋陽光，因此日照長，很適合曬醬油。

不少醬園在城市發展巨輪中被迫遷廠。在過去四十多年，很多醬園因成本、人手、老化等各問題，選擇遷廠內地或結業，現本港只剩下四五間。

悅和醬園

第二代傳人龐元善，曾任職機械工程，一九九三年因父親年事已高，於是決定到悅和幫忙，主管生產及品質保證，而胞弟龐元用則與父親坐鎮荃灣門市。第三代傳人龐中衡 Jack 五年前開始參與家族生意，這本來並不在計劃之內。他中三畢業後便到加拿大繼續學業，大學主修酒店管理，回港後在大型餐飲公司工作，四年間已晉升至管理階層，發展十分順利。惟有感家中長輩年事漸高，同輩沒有人接管生意，就此失去數十年來累積的品牌，實在是憾事，於是辭職返醬園工作。開始的時候並不容易，幸好他虛心受教，加上老師傅無私分享心得，幾年來他已累積了不少的經驗，對釀造醬油及醋早已不再陌生。

龐中衡 Jack

作為接班人，以真材實料、在地生產高質素產品、物盡其用的品牌價值作起點，他更希望為醬園加入新活力，讓品牌能跑得更遠。儘管古洞北收地在即，面對不明朗因素，仍然沒有窒礙Jack和悅和醬園繼續在地生產的想法。

瓦缸醬油

我第一次遇到 Jack 正是跟本地團體「港嘢」合作，進行以本地種植有機黃豆釀造醬油及麵豉的計劃。

「港嘢」的負責人浩盈回想起於二〇一六年第一次叩門與悅和醬園談合作，心情忐忑不安。他們與農場合作種植的黃豆產量，對醬園來說可算是九牛一毛，但竟得到悅和一口答應。雖然為了大量生產醬油，悅和早以不鏽鋼缸代替瓦缸，但 Jack 也特地為了「港嘢」以瓦缸生曬本地黃豆，令浩盈心生感激。有一次隨「港嘢」與兩位大小龐先生會面，跟進釀造醬油的進度，會上龐先生分享有關豉油各物質含量的詳細報告，與一向採用的有機加拿大黃豆作對比，以及為此而作的調整與預計豉油風味，專業精神不會因計劃的大小而有所調整。

悅和醬園的大小龐先生

「港嘢」的負責人浩盈

二〇一八年，我首次與悅和正式合作推出產品，為「菇」主題活動系列製作限量版「草菇醬」。過往製作素蠔油剩下的草菇會送給農夫堆肥，這次卻給草菇二次生命，回應物盡其用的品牌價值，與自家產品醬油及香醋 crossover，增值成為伴餐的美味醬料。既然是創新產品，Jack 也建議創新食用方法，傳統醬園的產品也可運用在西餐，簡單用來炒意粉，或用來醃肉、烹調肉排燒汁同樣美味。「七十年對醬園來說仍是十分年輕的品牌，還有很多進步空間，可以作不同嘗試，希望把更好的產品及選擇帶給客人。」Jack 分享說。

除醬油外，悅和是香港唯一一家同時擁有酒廠的醬園，一條龍生產醬油、米酒及醋，正是本章開始時談及的「調味之本」，這也奠定了悅和能無限創作醬料的基本功力。每次探訪，Jack 都以平靜的聲線分享他的最新研究，那份熱誠卻體現在行動中。薑發酵醋、荔枝發酵醋、蕃茄酒、和風白醬油、醋漬指天椒、辣蠔醬等等不能盡錄，部分已推出成為產品。Jack 堅定地說：「也許有人認為釀造醬油酒已經式微，但只要負責人堅持信念，了解客人需要亦敢於創新，路就是這樣走出來。」

新鮮草菇

草菇醬

醬油
在地餐桌

醬油是發酵食物的一種，豉油可說是最普及的醬油，材料簡單，只需大豆、水、鹽、菌種，同時需要耐性及與大自然合作，陽光帶來的熱力為發酵創造條件，經過約六個月時間，直至蛋白質完全分解，豉油便誕生了。

製作五部曲

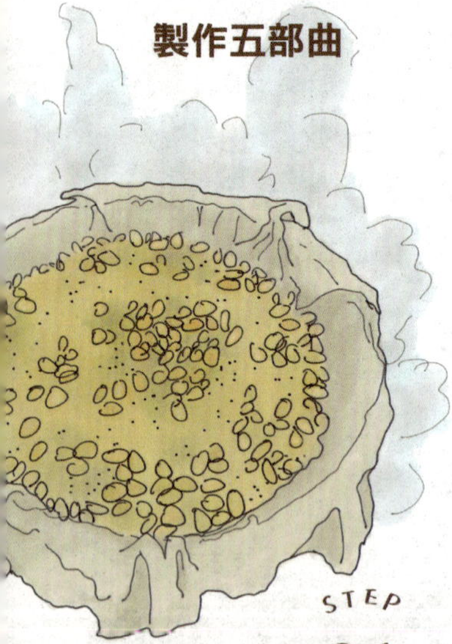

STEP 01

煮豆

蒸煮黃豆兩小時。

STEP 02

撈簧

待涼後加入麵粉及米麴菌（簡稱撈簧）。

STEP
03
發酵

在醱璜房進行第一次發酵，需時四十八小時，房間調節在二十五至三十度之間，師傅亦經常巡查，悉心照顧。

STEP
04
加鹽水

把黃豆入缸加入鹽水進行第二次發酵，在太陽下天然生曬。

STEP

05

二次發酵

鹽水蒸發後在缸邊剩下「盤鹽」，將循環再用到第二次發酵鹽水中，醬油在歲月中越見濃郁。

分辨醬油品質及是否新鮮的方法十分簡單：搖晃瓶子後，出現的氣泡越多，代表越新鮮。

鎮廠之寶

團隊中年紀最大的是現年七十多歲的師傅陳學平，他可説是悅和的「鎮廠之寶」，站在巨爐旁，自如揮舞着比人還要高的鑊鏟，年紀彷彿沒有留下痕跡。陳師傅在一九八〇年由內地來港後入行，在悅和醬園工作四十年，從不介意把知識傳授給下一代，現在主要指導生產部員工。他正好代表着悅和這品牌，持開放態度擁抱時代帶來的改變，把手藝一代一代傳承，同時讓新活力及元素發酵。

陳學平師傅

小旅行散步
地圖

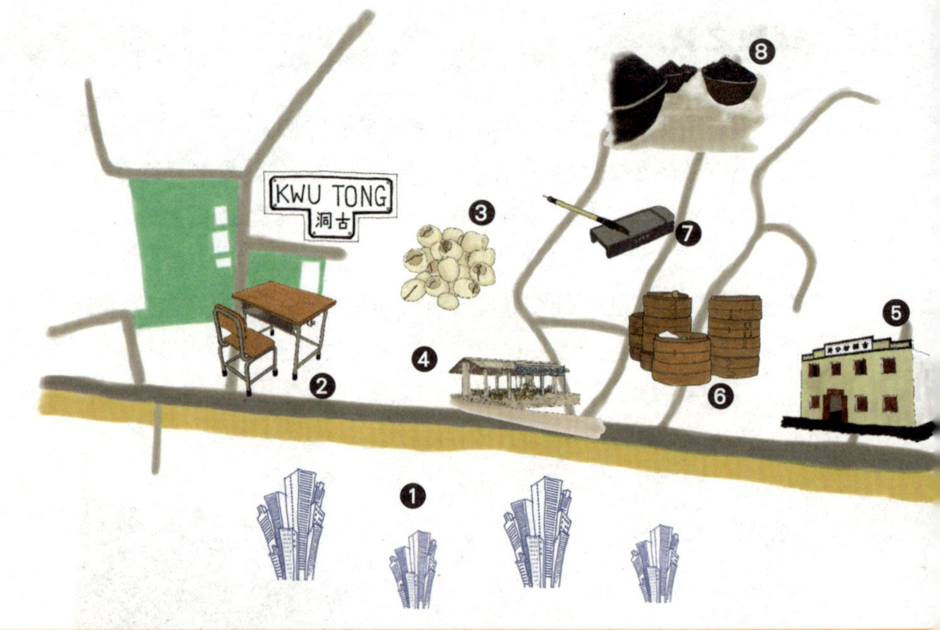

1. **新界環迴公路**：在公路建成前，這裏曾是農畜產量相當高的地區。自八十年代中，公路把古洞村南北分隔，南邊城市發展迅速，而北邊則保留城郊面貌。
2. **愛華學校・第三代校舍**：建於一九八五年，二〇〇六年因收生不足而被殺校。
3. **廣德隆醬園**：七十多年歷史，除醬油外，在中秋前亦會兼營生產蓮蓉，高峰期產量達八十噸。
4. **古洞菜站**：蔬菜統營處於一九四六年成立，目的是協助本地農民銷售農產品，並於新界設五個蔬菜收集站及多個指定收集地點，集合蔬菜到市場銷售。古洞菜站於一九四九年落成。
5. **古洞村公所**：一九六九年村民集資興建。
6. **錦益茶樓**：於一九六一年開始營運，開業時村內已有數家茶樓，但現在是村內唯一一家茶樓。座落在村公所旁，曾是村代表處理事務的聚腳點。
7. **仁華廬大宅**：由印尼華僑楊雁友出資，於一九三三年落成的客家大宅，兩進式四合院建築風格。後把大廳闢為私塾，一九三八年開始收生，並改名為「愛華學校」，為村民提供免費教育，直至一九六〇年遷校。
8. **悅和醬園**：成立於一九三九年，是本港為數不多的本地醬園。

餐後隨想

悅和醬園生產的並非單純「貨架上的一件產品」，而是代表着一個時代，代表創新思考融入傳統手藝。聆聽消費者甚至環境的需要，把他們當成品牌的持分者，以真誠的態度回應，大概是品牌屹立不倒的原因。

醋的釀造始於一個意外，原是為了避免浪費釀酒剩下的酒糟。這是一個與大自然合作的驚喜，我常認為只要謙卑地與大自然合作，扎扎實實地工作，它必回饋美好，例如美好的味道。

軾東坡·文化士多·凝聚街坊

上環城皇街 17 號曾有洗衣店、印刷舖等不同行業商號落戶，近年「軾東坡」文化士多店主 Vincent Au Yeung（歐陽偉航）獲邀進駐此地。城皇街 17 號作為上環「卅間」一員，至今仍是街坊生活的一部分，承載昔日的生活及文化脈絡，恰好呼應軾東坡的初心——活出蘇東坡的精神，跳出既定模式及界限，不問背景，同坐在大樹下分享生活點滴，帶着「復興社區生活，凝聚街坊智慧」的牌匾慶祝生命的每一刻，擁抱藝術、擁抱生活。

「軾東坡」文化士多
上環城皇街 17 號地下

香港的近代發展可以由水坑口說起，一八四一年一月二十五日英國海軍在該處附近的「佔領角」登陸建城，須先進行一些基本的道路建設，如連接東西的皇后大道及荷李活道。

樓梯街與城皇街

因香港島山多平地少，必須往山上發展，把斜坡剷成一個一個的平台並以樓梯貫穿，沙石則用來填海，以獲得更多土地。當中樓梯街在一八四一年至一八五〇年間建成，以皇后大道作起點，依山而建，以堅道為終點。有人的地方便有市場，樓梯街兩旁迅速聚集了人流並發展成市，包括現已列為法定古蹟、始建於一八四七年的文武廟，而樓梯街也在二〇〇九年被列為一級歷史建築。

樓梯街西面的城皇街同樣以麻石建成的樓梯貫通，至今已有

軾東坡店主 Vincent 坐在記錄昔日生活點滴的壁畫前

過百年歷史，但部分在日佔時期被炸毀，重建時以石屎作主要物料。當中以必列者士街至堅道一段最寬闊，因而成為遊人或街坊在上下山之際稍作停歇的中途站。一九五三年，隨着人口不斷增長，必列啫士街街市落成，以回應社區對公共設施的需求，進一步確立為居民生活上必經之地。這小小一段路至今仍靜處於寧靜半山住宅與繁華的中環、遊人與街坊、百年建築與新興潮流，乃至中西文化之間，壁畫上活現過往生活點滴，既保留着開埠的氣息，同時亦引來文化藝術餐飲界進駐。

梯街於一八四一年至一八五〇年間落成，以皇后大道作起點，依山而建，以堅道為終點

「卌間」傳奇

在這裏生活較長時間的街坊，都知道這區也被稱為「卌間」。此名約於一九二〇年開始被提及，相傳一位富商在此買地興建了一列三十間石屋，範圍約在荷李活道與堅道之間，由西面樓梯街至東面奧卑利街的一帶，中間橫跨士丹頓街、必列者士街、城皇街、鴨巴甸街等街道。這地段統稱為「卌間」，令人遙想三十間房子如何在晚上以燈光指引船家，照亮了海岸線。

這裏每年農曆七月均舉辦盂蘭勝會，超渡那些客死異鄉、停於太平山街義莊中等候回鄉的華工，儀式留傳至今估計已達百年。在每個夜晚乃至盂蘭勝會期間，「卌間」都是居民的生活重心，可惜此地的唐樓多已拆卸，而必列者士街至堅道一段獲政府及業主保留部分舊建築，完好保存至今。

何以軾東坡？

城皇街 17 號曾是洗衣店、印刷舖等不同行業的處所，近年軾東坡文化士多獲邀進駐。在筆者眼中，此處作為「卌間」的一員，一直是街坊生活的一部分，承載昔日的生活及文化脈絡，而這也是軾東坡的初心，「復興社區生活，凝聚街坊智慧」牌匾從創立至今一直放在當眼處。

軾東坡名字啟發自宋代詩人蘇軾（字

東坡），他少年得志，廿一歲便考獲進士，在京城擔任重要職務並勇於發表個人見解，可惜未獲朝野中的官員所接納而備受排斥，後來更多次被貶。身處逆境反而是蘇軾的文學創作巔峰期，透過詩詞表達自己天生不愛被束縛、性格豪邁、不拘泥於格式。蘇軾的「軾」字原意為車前的扶手，取其默默無聞卻不可或缺之意，那種在困難時間仍保持樂觀、懂得從生活上每一件小事中尋找快樂的精神，同樣是人生不可或缺的一部分。不為人生設界限、正向思想……一直是 Vincent 人生的座右銘。

海運茶冰廳

除了思想外，與 Vincent 一起成長的還有中上環這一帶，他的父母於一九七二年在結志街創辦了海運茶冰廳，「在海運茶冰廳開業前，父母在中環中央街市營運蝦檔，而嫲嫲則在街市門口開茶檔，售賣咖啡奶茶給來街市買菜的客人。也許受了嫲嫲影響，爸爸在蝦檔賺取第一桶金後，便在街市附近的結志街開了海運茶冰廳。」

説到海運名字由來，Vincent 分享説：「當時香港並沒有大型購物中心，尖沙咀的海運是唯一一家。爸爸取其名字，寄語茶冰廳的生意跟海運一樣，走中高檔路線，客如輪轉。」一九七二年香港島人口接近八十萬，

「復興社區生活，凝聚街坊智慧」牌匾由軾東坡成立至今均放在當眼處

海運茶冰廳的傳統舊餐牌與陳設

而中環更是商業區及港人生活集中地，茶冰廳初期由早上七時營業至晚上十一時，人流不斷，不同時段光顧的顧客身份也不同。「一大早當然是返工返學的客人為主，十點幾是買餸師奶及馬姐，沒多久上班一族便來吃午餐，下午茶時段是『傾嘢』時段，附近雜誌社編輯、立法會議員等都是座上客，晚餐後亦有一班來吃甜品，或在戲院散場後來吃宵夜的客人，十分熱鬧。」果真是客如輪轉，茶冰廳成了一個無分階級的小社區，不論背景均一視同仁用心招待。

讓終結變成起點

中環嘉咸街擁有香港首個露天街市（又稱嘉咸街市集），自一八四八年開埠以來，一直是港島居民生活、購物集中地，一八五八年更在其對面興建了第一代中環街市。而與嘉咸街連接的結志街，曾是海運茶冰廳服務街坊三十八年的地方。市建局二〇〇八年宣佈重建嘉咸街，服務市民 160 年的露天街市正式告別，而海運茶冰廳亦在二〇一〇年結業。

海運茶冰廳結業前夕，搖身一變為公眾同賞文化藝術的平台

沒有為結業而沮喪，Vincent 活像現代蘇軾，結業那年也是精彩難忘的一年，店內舉行了一連串文化藝術活動，由他主導的「雙囍」珍藏及攝影展，還有與其他藝術家合辦話劇、音樂會、揮春展等，過程中 Vincent 能親身觀察不同階層欣賞藝術的角度，比傳統畫廊、美術館更貼近觀眾。把茶冰廳轉化成分享文化藝術的平台，當年可算是第一人，同時也改變了他對藝術場所的想法，藝術屬於所有人，可貼近街坊、與創作者直接交流的場地更能觸動人心。這是結束也是開始，隨後 Vincent 蒐集更多香港舊物，跟更多藝術家合作到處辦展覽，地點不再受限制。

擁抱生活　擁抱藝術

筆者與 Vincent 相識於二〇一七年，跟共同朋友插畫師林皮合作，隨後兩三年間在林皮於石硤尾 JCCAC 的工作室舉辦與香港舊故事有關的主題展示，包括冰室與茶餐廳文化、香港稻米種植和米舖歷史、戲院場所與周邊小食的演變、涼茶舖歷史，以及連結本地生產者一起訴説開埠以來的食物生產故事等等。每次 Vincent 總能在其珍藏中找到能切合主題的藏品，究竟他的收藏量有多少？這對筆者來説至今仍是迷思。

Vincent 一直秉持這份信念，透過「軾東坡」在城皇街活出蘇東坡精神，無既定模式及界限，不論背景一起坐在大樹下分享生活的點滴，帶着「復興社區生活，凝聚街坊智慧」的牌匾慶祝生命的每一刻，擁抱藝術、擁抱生活。本着這份初心，過去幾年「軾東坡」不時舉辦藝術文化活動，成了藝術家、創作者及與街坊交流的平台，每逢星期五六日及公眾假期來這裏，都有機會遇到不同

二〇一七年舉辦名為「關你茶事」展覽，展示在香港飲食文化扮演重要角色的冰室及茶餐廳的相關資訊，展品包括卡座、刨冰機、香港製造的古董咖啡杯 Fire King、海運茶冰廳餐牌、海報等

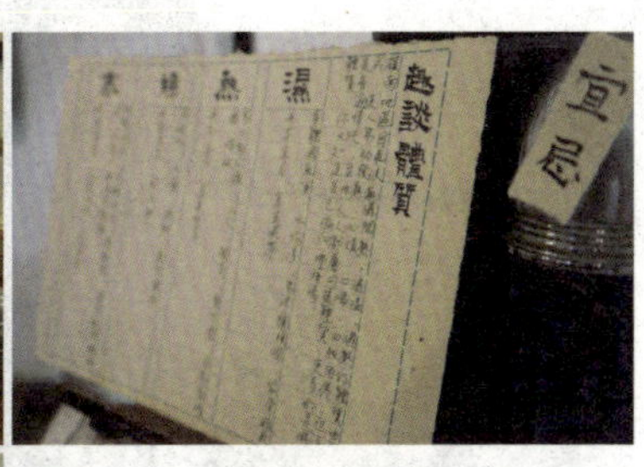

二〇一八年舉辦的「筆紙涼茶」展覽，與本地再造紙藝術家浪花花及書法藝術家 JONES 合作，以紙和筆為媒介，記錄香港的涼茶故事

類型的藝術家，如時裝設計師、飾物設計師、導演、插畫師、作家、造紙人、甜品師、和菓子師、咖啡師……更多更多，筆者在這裏想進一步分享與「餐桌」有關的故事。

畫畫是終生 Passion

Alvin Lam 為「On the Wagon」Kombucha 的創辦人，也是插畫師，普及健康飲品 Kombucha（康普茶）支持了他的生活，好讓 Alvin 全情投入對生命的熱情。他自小已十分喜歡畫畫，這方面的熱情似是與生俱來，記憶中學懂拿筷子前已拿起畫筆，這也許比吃飯更重要，「畫畫是我的終生 Passion」。跟許多人一樣，在成長過程中「熱情」漸漸成了「興趣」，畢業後從事酒店業，工作忙碌經常到處飛，即使如此，無論去到哪裏，速寫本總不離身，工餘時間在地鐵、咖啡店……一一以繪畫記錄下來。

Alvin（左）在 Vincent 的文化士多舉辦展覽

疫情那一年，整個世界停頓下來，Alvin 失去周遊列國的機會，卻得到思考人生的時間，驚覺自小喜歡的繪畫成了生活中的配角，那時作出重大決定，感到現在不重拾興趣，也許這一生便「Either now or never」，毅然把時間百分百投進繪畫，一年多後回首，自覺得到更多。曾在美國生活的 Alvin 再次回到香港時，感到小時候熟識的社區正逐漸消失，決心重新發掘這城市，以繪畫記錄老店，不單是店面所見，在繪畫過程中與店主交流也十分重要，Alvin 介紹作品時，會同步把畫中行業、店主、社區種種娓娓道來。

Alvin 在香港首次坐在路邊繪畫的地點是嘉咸街街市，剛好是海運茶冰廳的舊址附近，小時候他跟媽媽在這裏買菜，是潘太荳品店的常客，該店因此成了他首幅作品，自此開展了紀錄老店旅程。Alvin 的作品全是實地取境，繪畫同時與店主交流，了解老店、店主及社區歷史，對老店的欣賞之情也日益增長。Alvin 的首個個人展覽於二〇二一年在城皇街文化士多「軾東坡」舉行。

康普茶

在地餐桌

康普茶是近年興起的健康飲品，結合茶、糖及微生物，經過發酵後味道微酸及含有氣泡，視乎發酵程度，部分有微量酒精，但現時仍未納入酒精類飲品的規管範圍內。有關康普茶的起源眾說紛紜，普遍相信二千多年前起源於中國雲南、西藏或印度一帶，當時已是一種養生飲料。

茶葉　＋　糖　＋　共生菌

紅茶、綠茶或其他茶葉均可

共生菌在發酵過程中吃掉糖及茶裏的咖啡因，使發酵後的茶帶有酸味與氣泡，以及分解成對人體有益的飲品。

康普茶能促進腸胃健康、穩定血糖、對抗自由基延緩衰老。

發酵食品對腸道有莫大好處，共生菌在發酵過程中產生不同的益生菌，能抑制腸道壞菌生長及促進好菌增生，維持腸道健康，提升免疫力，同時有助穩定情緒。

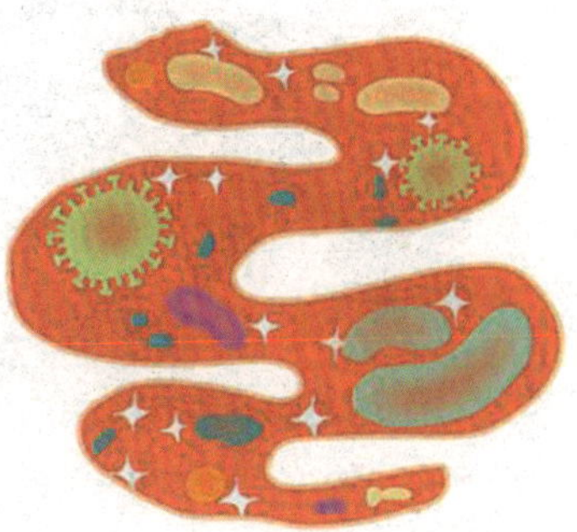

當和菓子遇上咖啡

Ringo Au Yeung 是咖啡師也是甜品師，疫情前經營咖啡店，現專注鑽研日式甜點「和菓子」。他自少對日本文化深感興趣，因緣際會下在香港遇到一位來自日本的和菓子老師並拜師學藝，由最初抱着「為咖啡配上甜品」的心態，後來被和菓子所提供的創作空間所吸引，它既是甜品也是藝術品。

和菓子製作的形式、技術及材料隨時代演變出不同模式。而 Ringo 最感興趣的是「煉切」（NERIKIRI），以當季景色為主題，是意境層面的「不時不食」。他的理想是開設一家以跟客人互動為中心的食店，享受「了解客人後提供個人化的和菓子及拼配咖啡」之過程，而即場製作的和菓子，不只是食物，更是一項藝術表演。但在香港要開設一家實體店談何容易，租金也是重要考慮，「軾東坡」成了 Ringo 首次實現與客人互動製作和菓子的地方，同時也跟遊人分享和菓子文化、歷史及故事。

Ringo 與他的互動式和菓子店

Ringo 的作品

小旅行小食 指南

「和菓子」是日式點心的統稱，早於日本繩文時代已經出現，人們把大米和豆類加工後磨成粉狀，去除雜質後揉成圓球例如「麻糬」，是日本最古老的加工食品，主要用作供奉神明的祭品，以及天皇貴族招待貴賓的茶點。「煉切」是其中一種和菓子，因含水量高達 40% 故保存期相對較短，分類屬於生菓子，也是當中的上級品，稱為「上生菓子」。上生菓子裏包有豆沙餡，以簡單工具勾劃各種造型，靈感主要來自日本風景、氣候、習俗，同時也依匠人個性而千變萬化，每次創作也是一期一會。「煉切」於二〇二二年十月獲登錄無形文化財（即非物質文化遺產）。

和菓子種類

柏餅

餅物
柏餅、大福、萩餅等
用米做成的麻糬所製作的點心

栗蒸羊羹

蒸物
蒸饅頭、栗蒸羊羹等
用蒸製法製作的點心

鮎焼き

烤物
平鍋菓子、鮎燒、葛燒、栗饅頭、長崎蛋糕等
用平鍋或焗爐烤製法製作的點心

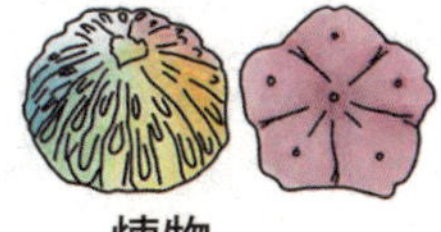

煉物
煉切、手揉等
以餡料為主體的造型點心

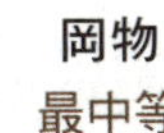

岡物
最中等
組合各種材料製作而成的點心

季節羊羹

流物
羊羹等
將材料倒入模具製作而成的點心

打物
落雁等
將材料倒入模具中壓實製作而成的點心

資料來源： Tokyo Wagashi Association

小旅行散步
地圖

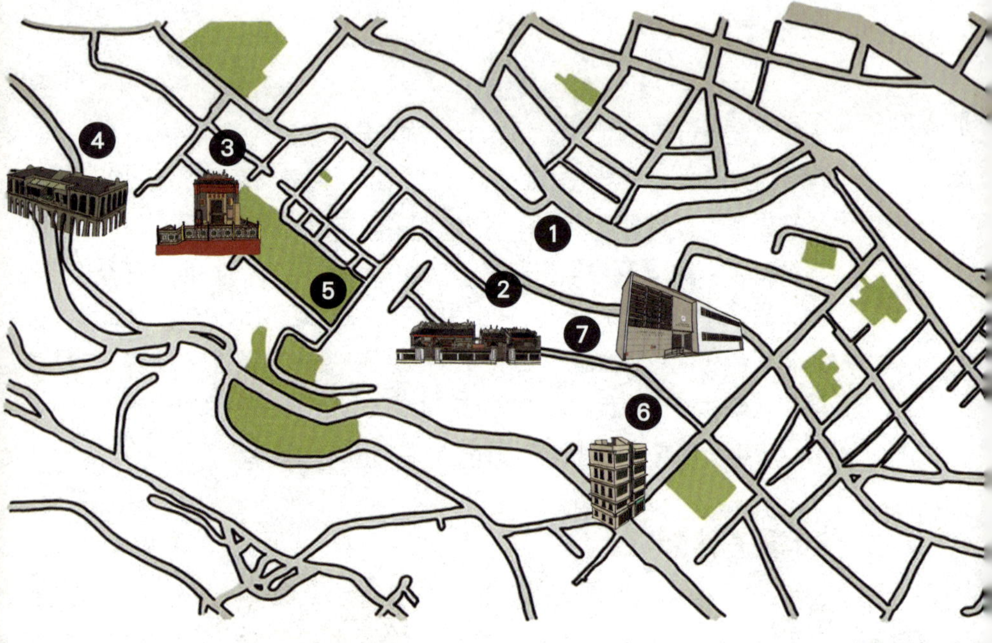

1. **樓梯街：**在一八四一年至一八五〇年間落成，起自皇后大道，依山而建，以堅道為終點。
2. **文武廟：**一八四七年至一八六二年間華商出資興建，由文武廟、列聖宮和公所三幢建築物組成。
3. **廣福義祠：**一八五一年興建，供奉來港工作不幸客死異鄉，但因經濟問題而未能回鄉落葬的華人。之後因管理不善而被政府收回，轉交東華東院接管服務。
4. **東華三院：**創辦於一八七〇年，前身為東華醫院，最初只是在一所小庭院為華人提供中醫服務（當時華人普遍不信西醫）。
5. **太平山區：**一八九四年香港鼠疫為患，因太平山地區疫情最嚴峻，故政府引用緊急條例收回太平山街土地，清拆三百多家房屋， 部分疫區其後闢建為「卜公花園」。
6. **卅間：**此稱呼早聞於一九二〇年代，因相傳一位富商在此買地興建了一列三十間石屋而得名。範圍泛指荷李活道與堅道之間，由西面樓梯街至東面奧卑利街一帶。
7. **必列啫士街街市：**政府因應區內人口增長需求而在一九五三年建成，至二〇〇八年停運關閉，二〇一五年活化為香港新聞博覽館。

餐後隨想

文化士多對 Vincent 來說並非從頭做起的一件事，而是他多年來所建立的一個延續。茶冰廳也好、展覽也好、文化士多也好……都是凝聚社區的平台，不論背景，只要方向一致，均可在城皇街的大樹下相遇，編織自己的、也屬於大家的夢想。Vincent 常鼓勵大家別想太多，千里之行始於足下，一切由行動開始，來這裏輕鬆地起步，好好享受過程，以正面思想活出信念，必能找到同行者。

最初成立「在地餐桌小旅行」平台，是我對人生思考的延伸。生命從哪裏來、往哪裏去與大自然的關係等問題，雖然重要卻有點虛無不着邊際，若延伸至日常飲食，透過了解食物製作、生產者、與大自然及社會的關係，從食物及至生命，應可拉近當代消費者與土地的距離。

近年對正念（Mindfulness）、吸引力法則（Law of Attraction）等類近科學角度的理解或詮釋頗感興趣，由「人生的意義」大方向返回當下，就是培養正向思維並發出相應頻率，「物以類聚」吸引有相同信念的人，一起實踐身土不二。因為增訂，整理了跟 Vincent 相識至今的資料，發現他多年來所談的處世之道，原來早已實踐了人生的意義。

出菇房
Fruiting Rooms
URBAN
MUSHROOM
香城遺菇

香城遺菇・祖屋活化・可持續菇農

位於屯門藍地的香城遺菇，選址於創辦人 Russell 的祖屋，他的爺爺曾在該處經營皮革廠，至上世紀七十年代兼營豬舍，飼養豬隻供應本地市場。現時用作種植菇菌，以可持續的耕作方式為目標，使用城市廢料作環保菇包，使用後可回歸泥土用來種植時令作物，既為城市減廢，也活化了祖屋。

香城遺菇
屯門藍地屯子圍 270 號

屯門藍地位處香港西北面，原為陶氏聚居地，也是周邊村落之間的交易集散地，藍地大街至今仍保存着昔日的市集氛圍。陶氏曾是香港六大氏族之一，復界後聚居屯子圍、青磚圍、坭圍一帶，在英治時期陶氏影響力大不如前，不少後人已遷移海外，所以相關歷史往往只記載香港五大原居民氏族（鄧、文、廖、彭、侯）。現時藍地有兩座標誌性歷史建築物——在輕鐵藍地站附近的藍地菜站，以及位於植園的嘉爵酒家，分別代表當區的種菜及養豬業歷史。

農田與豬舍的故事

上世紀五十年代香港人口高速增長，南下遷入的人口多擁有務農技術，加上香港面對糧食不足問題，當時港府鼓勵將部分稻田改為種菜增加產量，「蔬菜統營處」及「新界蔬菜產銷合作社有限責任聯合總社」就在這時間成立，協助菜農銷售農作物，蔬菜統營處藍地菜站更一直運作至今。

昔日的全港豬舍分佈

政府亦與嘉道理農業輔助會合作拓展養豬計劃，由嘉道理家族的羅蘭士和賀理士兩兄弟在一九五一年創立嘉道理農業輔助會（Kadoorie Agricultural Aid Association，簡稱 KAAA），首個項目是協助菜農飼養豬隻。因豬隻生長期短而且價錢高，能增加農民收入和糧食供應，成本也低（廚餘剩食可作豬糧），而豬糞又可變成種菜用的肥料。那時目標大概是為了更有效率解決糧食問題，卻恰巧與現今愈趨流行的永續農業（Permaculture Farming）概念相近。當時由 KAAA 興建的豬舍散佈於屯門、錦田、上水、大埔、西貢及離島。

養豬大王與嘉爵酒樓

計劃成功由五十年代每戶飼養十頭八頭豬的模式，轉為規模化，在十年間協助逾四千戶農民興建或修繕九千多間豬舍，至七十年代踏入全盛期，全港有四千多個豬場，佔本地豬肉市場的三成。然而隨着城市發展、環保排污條例收緊及政府鼓勵交還牌照等因素，現時全港只餘四十餘家豬舍，佔本地市場不足百分之五，更趨向精品化，包括使用高級飼料及引進優質黑毛豬品種。

有香港「養豬大王」之稱的梁植（人稱「植叔」），高峰期曾在屯門藍地飼養過萬頭豬，植叔出生於一九一九年，一九四九年隻身來港，五十年代獲賀理士嘉道理爵士資助，在藍地買地興建房屋和豬舍，並協助發

展位於大埔白牛石的實驗農場，更培育出一種獨有品種「白牛石特種豬」。起家的豬舍後改建為「植園嘉爵酒樓」，取名是為了紀念及感激賀理士嘉道理爵士，酒樓於二〇一九年結業。

祖屋栽出草木情

位於屯門藍地的香城遺菇，現址為創辦人 Russell 的祖屋，他的爺爺曾在這裏經營皮革廠，主要生產皮帶供應給香港紀律部隊及保安公司。至七十年代，亦即 KAAA 推動養豬業發展之際，爺爺在祖屋興建豬舍並飼養豬隻，不過核心業務仍是皮革生產，直到爺爺在九十年代退休。Russell 憶述在十歲前皮革廠仍在運作，他跟父母住在市區，逢周末或長假期就來祖屋家庭聚會，印象中父母也曾幫忙，但主要由爺爺經營，在主屋後設有皮革廠房、豬舍，以及員工宿舍。已忘記了怎樣開始，Russell 自小便喜歡花草樹木，雖然兒時回祖屋，對花園內的植物是破壞多於建設，但大概那過程中還是培養出感情。

仍保留在祖屋的皮革製作機器，三部平排，看來用於不同工序，是一條簡單而有效率的生產線

旁邊的展示櫃裏，仍留有當年為紀律部隊生產的皮革配件

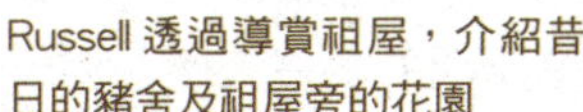

Russell 透過導賞祖屋，介紹昔日的豬舍及祖屋旁的花園

何以擇菇菌？

本是行外人，Russell 認為吸取足夠知識及沉澱是起步的必要條件，曾考慮到澳洲、英國甚至其他地方升學，最後決定到英國，因一年的課程時間相對短，最重要是獲得獎學金。在英國紐卡素修讀可持續農業及糧食安全碩士課程，課程內容涵蓋精準及可持續農業概念、有機農業、環境保育與食物安全關連等，統整了他對可持續農業的概念，各種知識及見聞日後成為香城遺菇由理念到實踐的重要養分。綜合香港氣候、為城市減廢、佔地不大能善用祖屋、可量產等條件，那時已萌生種植菇菌的想法。

二〇一七年畢業返港，Russell 一邊試驗種菇，一邊維修祖屋準備生產，同年成立了香城遺菇，以可持續耕作方式為目標，使用城市廢料作環保菇包，使用後可回歸泥土種植時令作物，減低過程中產出廢物，並以適切科技介入把所需能源減至最低。二〇一八年年底真正開始穩定生產，營運至今方針不變。

三合一菇包

首先由環保菇包說起。菇包以城市廢料包括咖啡渣、木屑及石灰混合製成，讓被視為垃圾的東西帶來二次生命。咖啡渣含有蛋白質及氮，木屑提供碳水化合物及能量，石灰則可平衡酸鹼度，為菇菌製造合適的生長條件，大減須額外投入的資源。

初時咖啡渣是直接從咖啡店收集，現由環保團體綠行俠供應，該團體本身也有使用咖啡渣製作升級產品，餘下的會分給農友。至於木屑源自環保署，其實跟該署合作前，曾嘗試用紙皮及馬糞，惟考慮到來源穩定性、成本等因素，遂以木屑取代。環保署的木材來自颱風後倒塌、日常修繕路邊樹木及地盤開工前需移走的樹木，全都會運到 Y Park 集中處理。隨着超級颱風吹襲次數及地盤工程減少，最近相關供應也變得不穩定，大少亦變得不一，因此加購了碎木機，無論收回來的木是甚麼大小也可在現場處理，確保菇包的質素。

向環保署轄下 Y Park 申請的木屑大小未必一致，需使用碎木機再輾成合適尺寸

環保菇包製作

在地餐桌

STEP

01

收回來的木材大少不一，需要在現場以碎木機輾成合適尺寸。

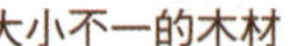
大小不一的木材

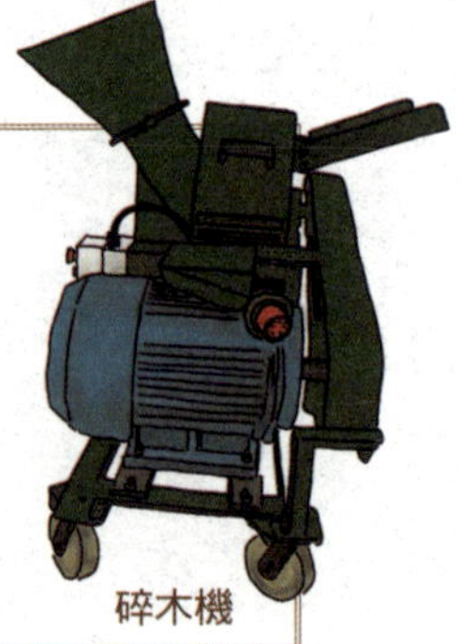
碎木機

STEP

02

混合木屑、咖啡渣及石灰，用布蓋着發酵，並不時翻動菇料從而注入空氣，在微高溫的環境中分解出營養並達到殺菌效果。

STEP

03

請街坊配合簡單機械協助，把菇料入袋，並以機器高溫消毒。

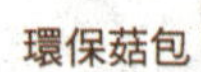

環保菇包

STEP
04

高溫消毒機

種菇包需以高溫消毒後，方可放入種菇的重要成分菌絲（即菇菌種子），過程必須在無菌室中進行。

STEP
05

把植入了菌絲的菇包放在陰暗環境中，讓菌絲延伸繁殖，此過程稱為「行菌」，需時一個月至一個半月。

STEP
06

完成「行菌」後便可正式進入出菇房，五至十天後開始收成，在隨後的兩至四個月期間重覆採收，每個菇包可採收三至六次，而一般生產型菇場只會採收頭兩星期的作物。

STEP
07

完成使命的菇包會返回泥土，部分用於菇房的天台小農場，部分轉贈其他農友，滋養別的農作物。

不「菇」獨的路

來到二〇二五年已是香城遺菇投入生產的第七個年頭，Russell回想當初香港只有兩家農菌場，包括菇菌園及永續尚源社，以教育為宗旨，故在香港找不到量產型菇菌場作學習對象。當在技術及銷售上遇到困難，他會跟海外菇場交流，此外也只能從嘗試中吸取經驗。憑藉勝不驕敗不餒的平和性格，Russell 把成功與失敗視為學習過程，最初兩年多的時間只能營運一家菇房，二百呎的空間裏，由每次種植數十個菇包起步，至今已多達三千個，第三個菇房也正準備投入服務。

縱使技術漸趨成熟，每天仍面對很多變數，產量受外在因素影響而不穩定，例如夏季天氣太熱，Russell 堅持與環境共存，不浪費能源開冷氣，所以收成只有冬季的三至四成；但另一邊廂，縱使豐收也會有銷售無門的煩惱。筆者認為，若消費者仍希望有機會品嚐到以最短距離送到餐桌的新鮮食材，應身體力行支持本地農產品，視之為日常餐桌的一部分。

餐後隨想

香城遺菇的生產線，活像一個自我增值與循環的系統，完成了種植使命後又返回大自然。感覺也像 Russell 本人，每段人生歷經也是滋養下一步的養分。Russell 自小喜歡花草樹木，卻從事看似屬另一極端的資訊科技行業，誰料後來科技又融入到種植，適切科技介入可說是香城遺菇的獨特元素。種植過程中盡量依靠環境資源，只在有需要時用科技介入，以最低限度的資源讓出產最大化，包括調節溫度、通風及濕度。看來科技也可以是「環保分子」。

在我眼中，Russell 的行動力超強，離開高速發展的科技資訊業，全面投身慢活的農業世界，到英國進修相關學科後，落地實踐，菇男更把科技融入種植，為香港農業尋找更多可能，同時賦予「垃圾」第二生命，轉世為菇包物料，通過適切的耕作方式發揮最大產能。菇場選址為近年閒置的廠房農舍，也曾是豬棚及皮具加工廠，折射出時代轉變中的不同功能，與時並進，再活起來，靜靜地記錄着不同年代的香港故事。

九龍麪粉廠・罕見臨海設廠・60 載匠人魂

香港僅存的麵粉廠，屹立觀塘海濱逾六十年，負責人 Eva 形容麵粉廠是以人為本的業務，感恩一班服務多年的團隊，以多用腦筋、靈活應變的方式穩定了生產，讓品牌得以持續為客戶提供優質麵粉。雖然是老字號，卻沒有活在過去的成功而停滯不前，積極把營運經驗與精神承傳至近年加入的年輕團隊，不斷為品牌注入新動力。

九龍麪粉廠
觀塘海濱道 161 號

九龍
九龍麵粉
KOWLOON FLOUR MILLS

在茶果嶺長大的馴獸師威哥曾憶述，他年輕時常常坐在海邊茶餐廳吃下午茶及垂釣，其實上世紀六十年代以前，茶果嶺陸路尚未開通，到市區須先乘搭俗稱「walla-walla」的電動小船到觀塘，再轉駁其他陸路交通工具，又或翻過山頭到彩虹轉車，要去油麻地、佐敦一帶，動輒耗上半天，那時也較多居民坐船到筲箕灣採購日用品。

從官塘到觀塘

當時「觀塘」的寫法是「官塘」，這裏古時名為「官富鹽場」，民間簡稱為「官塘」，這裏曾盛產海鹽，官府遂在此設立驛站，方便提取稅收，最早可追溯至宋代。在近代填海發展之前，觀塘是一處荒蕪的臨海地區，繁華程度遠不及「九龍四山」茜草灣、茶果嶺、牛頭角、鯉魚門。觀塘填海工程於一九五六年至一九六七年分三階段進行，範圍包含現時觀塘工業區至海濱道，目標是創造更多空間發展本地工業。在一九六一年，觀塘已有七十多幢工業大廈落成，至七十年代可算是全盛期。其後內地改革開放，工廠在八十年代大量北遷，觀塘的定位也有變，就是那時開始用「觀塘」為名。不過現時仍有些紅色小巴沿用「官塘」舊地名。為配合觀塘區工業區發展，茶果嶺同時展開填海計劃，威哥經常垂釣的海邊被填平闢作茶果嶺道，打通了茶果嶺對外的陸路交通。

觀塘海濱道是當時填海後的臨海地段，大部分已重建成現代商業大廈，第一代工業建築物現時寥寥可數，當中包括這次專訪的主角——九龍麪粉廠。據廠方説，先後曾有四家公司在港設廠生產麵粉，包括香港麵粉廠及九龍麪粉廠選址觀塘海濱道，當時這裏仍

現時的觀塘海濱

是臨海地段，到一九八七年至一九九一年相繼落成的觀塘繞道改變了這一帶的面貌。香港麵粉廠於一九五四年成立，在七八十年代把生產線遷移內地，在蛇口建廠房並改名為南順麵粉。

至今在港有規模生產的只餘九龍麪粉廠，多年來堅持在地製作，客戶主要是大包裝工業用家，除本地市場外，更多是出口到海外市場。六七十年代東南亞相關工業產鏈未完善，成為麵粉主要外銷市場，近年則拓展至杜拜等更多地方。只要有中式包點的地方，也就是需要九龍麪粉廠的地方。成立至今逾六十載，在香港可算是老品牌，能屹立不倒全憑隨市場應變，但核心價值不變，當中包括硬件及軟件：硬件是獨特廠房及優質產品，軟件則是現有團隊及以人為本的行政理念。

特色廠房　將生產融入設計

一九六三年，港府邀請九龍麪粉廠到觀塘設廠，資金來自泰國華僑林國長及其友人創辦的「長記行」，一九六四年聘請西德工程師設計廠房，至一九六六年正式投產。廠房樓高九層，佔地超過二十六萬平方米，設計理念融入了生產流程，整個廠房就是一整套生產系統的運作模式。

最初建成時的工廠位處海邊，當從海外運來小麥的躉船抵達，廠房吸麥管便能往外伸到躉船位置，直接把小麥吸進廠房內的麥倉，廠房標誌性的十個圓柱形內共設十五個麥倉，存量多達一萬噸，而圓筒設計能有效平均分佈原材料份量。收妥小麥後，先經在五樓的輾磨機壓爆外殼，讓胚乳跌出，惟因外皮黏附着粉末，故要再運到七樓的平篩機，分出粗和幼的粉粒，然後分開再壓，幼粉磨到某一程度便是麵粉。第一壓取得的麵粉品質最高，最後取得的則用作飼料。

一九八七年至一九九一年相繼落成的觀塘繞道改變了這一帶的面貌，海濱道不再臨海，以往循海路送抵的小麥改經陸路運輸，不過吸麥管的作業過程仍保留下來，證明廠房設計經得起時代變遷的考驗。九龍麵粉廠曾搜集全球麵粉廠的相關資料，原來其他地方的同類廠房大多設在內陸地區，特別是靠近麥田以減省運輸成本，這令九龍麵粉廠不僅成為本地碩果僅存的麵粉廠，也是全球唯一一家臨海而建，並把整套生產模式融入建築設計的麵粉廠。

優質產自匠心

優質產品始於優質原材料，常見小麥種類包括杜蘭麥、硬紅春麥、軟紅冬麥、硬白麥和軟白麥，不同品種的硬度、色澤均會有分別，也各有其特色及用途。經多年篩選，九龍麪粉廠一直選用最優質、產自北美及澳洲的小麥，即使面對通貨膨脹及運輸成本上升等挑戰，依然堅持以原材料作基礎為客人提供優質麵粉。累積超過半世紀的研磨經驗，掌握如何調節生產線上每個細節，折舊的機械不單未有影響質素，反而能穩定產出品質上佳且難以被取替的麵粉，這正是藍水仙低筋麵粉成為九龍麪粉廠標誌性產品、備受專業廚師肯定的原因。

在維持穩定生產背後，隱現出六十載的匠人精神，複雜而精細的機械早已過了保養期，零件也愈見稀有，迄今仍能運作全賴一班服務多年的團隊，他們充分了解整套系統，懂得以甚麼配件取代能做出同等質素，當中對極致的執着與追求，亦真的只能用「匠人精神」來形容才夠貼切。

近年市場上有更多來自世界各地、不同品質價錢的麵粉可供選擇，九龍麪粉廠以藍水仙低筋麵粉作核心產品，主攻低筋麵粉市場，並以商業用戶為主要客群。在西式糕點方面，廠方夥拍台灣姊妹公司「嘉禾牌」，供應適合製作蛋糕、麵包、披薩等西式糕點的中筋及高筋麵粉。由於一向只出售予商用，在「地產地消」、「商業用戶用量較快」等條件下，產品的包裝物料只須保持高透氣度及維持產品穩定性，毋須考慮長期保存的因素，故多年來以布袋包裝為人所熟知。廠方多年來共推出十五款產品，包括不同級別的高中低筋麵粉，各具獨特的布袋圖案設計，同時成為該廠的經典品牌。

新冠疫情期間，本港食品入口受多種因素限制致供應不穩而鬧麵粉荒，九龍麪粉廠迅速應變，改推家用零售裝麵粉，因需要較長時間保存而首次引進膠袋包裝。其實增添家用裝的意念早在九十年代已萌生，結果有危亦有機，危機恰巧化為實踐創意的動力，家用零售裝麵粉在這契機下得以落實。為確保香港人可以隨時吃到優質麵粉，九龍麪粉廠現時常備半年存貨，在商業層面未必是最有益於盈利的考慮，但大概麵粉生產背後，「人」來得更重要。

經典的商用布袋包裝

團隊理念　以人為本

第三代負責人 Eva 在十五年前加入九龍麪粉廠，為夫家打理家族業務，最初主要管理客戶關係及訂單，漸漸學習並參與更多行政工作。麵粉生產固然是九龍麪粉廠的主業務，但在 Eva 眼中，「人」比「麵粉」更重要，團隊以他們的經驗及時間投入生產，豐富了顧客的五臟六腑，也養活了員工的家庭；有穩建的家庭作支柱，每天能充滿能量回到工作崗位。

機械維修正是很好的例子之一，因廠房裏的機器使用經年，遠超保養期，全憑第三代廠長蕭楊義（蕭廠長，下圖左四）對機械運作的了解，再動腦筋解決困難，多年來的維修工作全由他和一眾員工包辦。

九龍麪粉廠工作團隊薪火相傳

負責包裝麵粉的朱先生，加入九龍麪粉廠超過五十年，靠這份工作養大了三個孩子，近年同齡七旬妻子需要入住安老院，幸而能在懂得珍惜員工經驗的公司繼續服務，也能負擔安老院每月開支。

筆者跟九龍麪粉廠員工交談時，他們無一不談及如何能在日常工作中為麵粉廠節省成本、如何能在自己的崗位上多走一步。年輕一輩的員工也深受老闆以人為本的管理方針所感動，行政及會計部的 James 是新世代員工，加入麪粉廠前曾任職不同公司的會計及核數部，他形容其職場生涯中從未遇過一家像九龍麪粉廠般的公司，把員工年終獎金放在股東紅利之上，即使老闆不領股息，也希望在年尾發放花紅讓職工過肥年。

既是與人有密切關係的生意，傳承也是不可或缺的一環，上世代的員工已步入退休之齡，經驗留傳尤為重要。蕭廠長加入九龍麪粉廠已有五十年，生產及廠房上下事情無一不曉，要承載他的經驗並不容易。現時有三位徒弟跟蕭廠長學習其肩負的職務，在上環行政團隊的 James，以及觀塘廠房的 Yo 均是新世代年輕員工，他們需要承接前人經驗並注入新動力，就是這種一代傳一代、以員工為基礎、為顧客生產……由「人」發出動力，讓品牌能在不斷變化及競爭激烈的市場中尋找新出路。

80

小旅行散步

輸麥橋

輸麥橋正好體現出承傳，橋所承載的不只是小麥，亦是全廠上下員工及他們的家庭，父母為下一代而努力的印證；同時也是一種連結，把過去的研磨經驗拓展至今天的市場，結合歷史與現代產業，以可持續的方式運作，即使機器出問題也會盡力維修，確保以相同機器產出品質穩定的麵粉。舊機器才能做到仔細研磨，服務多年的員工才會對機器及系統運作有深度了解，兩者對麵粉生產同等重要，雖跟現代一味追求效率和成本效益的營商模式相違背，卻造就了九龍麪粉廠的獨特魅力。

生產者對談：

朱先生
一九七四年七月入職，
年資五十一年，
除首兩年外，
一直堅守包裝麵粉的職責

與九龍麪粉廠的第一天

出生於汕頭市，畢業後成為上山下鄉青年在山區耕作兩年，二十四歲來港，翌年開始於九龍麪粉廠工作，至今從未間斷，可幸即使年前曾輕微中風仍能重投工作。

最喜歡的角落

裝麥房，是每天逗留最長時間的地方，每天均提早半小時回工場做準備，包括當天裝入麵粉的布袋，以確保能準時開工。

最難忘經歷

最高紀錄四十五分鐘完成一個貨櫃的吸麥工作，比平均快一個多小時。

最自豪的一刻

參與不少廠房內的維修工程，包括窗戶維修、廁所建設、清潔麥倉等，即使是沒經驗的項目，只要願動腦筋兼備膽識，便沒有解決不了的事情。朱先生指着外牆「九龍麪粉廠」招牌，「這是用瓦仔砌成，我都有份參與的。」面上掛着滿足的笑容。

心目中的香港精神

靈活應變，用腦工作，在日常工作中加入小智慧，例如把竹放在麵粉袋旁便能量度有多少袋麵粉。講求效率但同時不拘小節，團隊中誰人有空便會補上位置，無分彼此。

朱先生 vs Yo

與九龍麪粉廠的第一天

畢業後一直當游泳教練,疫情期間決定轉投文職,沒有做麵粉相關工作經驗,帶着一大疊證書及義工證書來面試,有幸能加入團隊。

最喜歡的角落

輸麥橋,最能代表到現在的工作,連結廠房上下,以及跟行政團隊之間的協調與溝通。

最難忘經歷

靈活變通的團隊,因機器早過了保養期,難忘團隊特別是廠長四出搜尋,用盡方法尋找可能已不存在的零件,永不放棄的精神令機器多年來能持續生產。

最自豪的一刻

能與廠長及各位前輩同事順利協調,在新規例下落實相關安全措施,當中以互相尊重、高透明的溝通方式,確立互信的關係。

心目中的香港精神

每位同事都能理解其他崗位的工作,凡事親力親為,不輕言放棄,蕭廠長正正體現了這份精神,幾乎每一天也是最後一個離開工場。

行政者的對談：

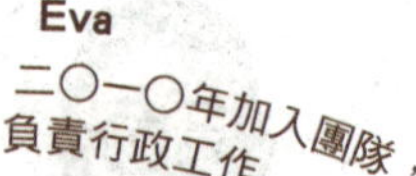

與九龍麪粉廠的第一天

第一天來九龍麪粉廠不是上班，而是來見未來老爺，覺得他十分能幹，慶幸自己具備秘書及多媒體經驗，能助夫家打理生意，這些年來與丈夫推行不少改革，包括電腦化作業。

最喜歡的角落

天台，可以看到整座輸麥橋，也是全球唯一臨海的麪粉廠，屹立六十年，每日為香港人提供優質新鮮麵粉。

最自豪的一刻

香港製作的麵粉能遠銷海外，甚至去到杜拜，只要有中式包點的地方，都有九龍麪粉廠的低筋麵粉。

心目中的香港精神

當有些食店以使用日本雞蛋或日本米作招徠，相信港人也能夠為本土生產而自豪，並以此作為品質的保證。

與九龍麪粉廠的第一天

畢業後一直從事核數及會計工作，疫情期間輾轉加入九龍麪粉廠。自小住在觀塘，一直不肯定廠房是否仍運作，偶然看到廠方招聘船務的廣告，因好奇而應徵，後獲聘負責會計工作。感恩老闆錄用，有機會在一間不以金錢論成敗，罕有地把員工福祉放在首位的公司工作。

最喜歡的角落

地面樓層辦公室，所有同事每天必經之路，看到人生百態，尤其喜歡古董擺鐘，喜歡它的罕有、歷史卻仍在運作中，正是 James 喜歡九龍麪粉廠的原因。

最自豪的一刻

把公司生產的麵粉送予本地廚師試食，獲得一致好評。

心目中的香港精神

互相了解、和而不同，所有同事都對每個工作崗位有認識，讓協調工作更流暢、更具彈性，跟這樣的團隊工作，不相信有做不到的事情。

James
二〇二二年入職，
負責會計、
市場推廣及行政工作

餐後隨想

九龍麪粉廠認為輸麥橋是品牌核心價值的最佳比喻，承載及承傳一代人的努力和經驗累積，再無私地傳予新一代，讓優質生產得以延續。輸麥橋沒有被填海計劃打擾，靈活調整運輸路線，同樣道理，堅持六十年的品牌也不能一成不變，反而更需要不斷注入新動力，有幸管理層及上下員工對年輕團隊的信任，讓他們在穩健的生產上添加更貼近市場的元素，帶領九龍麪粉廠發掘更多機遇。

在九龍麪粉廠的 Eva 身上看到心目中一個真正的領袖的特質，擁有廣闊的胸襟、不忌才，把知識傳承給下一代，真心希望成就團隊中每一個人的夢想，建構既具挑戰性且安全的環境，讓他們充滿信心地向者夢想前行，勇於嘗試，無懼這一刻的跌倒與失敗，從中學習與成長。

在職場生涯中，筆者也有幸能遇到真正的領袖，並一起共事十二年，面臨她退休在即，縱使不捨，但也期待大家轉換身份能成為朋友，勿忘無私分享，希望有天能成為像她一樣的領袖。

遇上香港飲食×文化

在地餐桌小旅行

增訂本

黃可衡——著　　mujiworld——繪

責任編輯　梁嘉俊、朱嘉敏
封面設計　Oiman
裝幀設計　劉婉婷
排　　版　時　潔、劉婉婷
印　　務　劉漢舉

出版
非凡出版
香港北角英皇道 499 號北角工業大廈 1 樓 B
電話：（852）2137 2338
傳真：（852）2713 8202
電子郵件：info@chunghwabook.com.hk
網址：http://www.chunghwabook.com.hk

發行
香港聯合書刊物流有限公司
香港新界荃灣德士古道 220-248 號
荃灣工業中心 16 樓
電話：（852）2150 2100
傳真：（852）2407 3062
電子郵件：info@suplogistics.com.hk

版次
2025 年 7 月初版

規格：16 開（210mmX150mm）

ISBN：978-988-8913-30-5